U0468004

中外机智人物故事大观丛书

教国王的黄牛诵经

中近东、北非机智人物故事选

祁连休 冯志华 编选

河北出版传媒集团 河北教育出版社

图书在版编目（CIP）数据

教国王的黄牛诵经 ：中近东、北非机智人物故事选 ／ 祁连休，冯志华编选． —— 石家庄 ：河北教育出版社，2014.6（2022.11重印）

（中外机智人物故事大观丛书）

ISBN 978-7-5545-1210-4

Ⅰ．①教… Ⅱ．①祁… ②冯… Ⅲ．①民间故事－作品集－近东②民间故事－作品集－北非 Ⅳ．①I17

中国版本图书馆CIP数据核字(2014)第128305号

书　　名	**教国王的黄牛诵经**
	——中近东、北非机智人物故事选
作　　者	祁连休　冯志华
策　　划	郝建国
责任编辑	刘宇阳
装帧设计	慈立群
出版发行	河北出版传媒集团
	河北教育出版社　http://www.hbep.com
	（石家庄市联盟路705号，050061）
印　　制	保定市铭泰达印刷有限公司
开　　本	787mm×1092mm　1/16
印　　张	8
字　　数	118千字
版　　次	2014年7月第1版
印　　次	2022年11月第2次印刷
书　　号	ISBN 978-7-5545-1210-4
定　　价	16.00元

版权所有，翻印必究

前　　言

　　机智人物故事是世界各国民间故事中一个颇为引人注目的门类。这一门类的民间故事，是由一个特定的富有智慧的故事主人公贯穿起来的故事群的总称。这些故事群的主人公，有的有生活原型，有的并无生活原型，而是出自艺术虚构；有的属于劳动者型，包括奴隶型、农奴型、农夫型、村姑型、牧民型、渔民型、雇工型、仆役型、工匠型、矿工型、游民型等，有的属于非劳动者型，包括官吏型、文人型、才媛型、讼师型、艺人型、衙役型等。无论属于何种类型，这些故事群的主人公都机捷多谋，诙谐善谑，敢于傲视权贵，常以机智的手段调侃、播弄、惩治邪恶势力，扶危济困，并且嘲讽各种愚昧落后的现象，为民众津津乐道。这一类人物形象，往往在一个地区、一个民族、一个国家广为人知，成为民众心目中"智慧的化身"；有的甚至在全球传播，被誉为民间文学中的"世界的形象"。各国各民族的机智人物故事，尽管内容比较庞杂，瑕瑜并存，但大多数作品是积极的、健康的。它们大都以写实手法再现社会生活，富有喜剧色彩，蕴含着人民群众的幽默感，洋溢着笑的乐趣，具有一定的社会意义和美学价值。

　　中国的机智人物故事源远流长，蕴藏极其丰富。早在两千多年前的春秋时期，就出现过晏子这样的著名机智人物。晏子的趣闻逸事，至今仍然让人感到饶有兴味。此后的各个时期，也有不少机智人物故事流传。到了现当代，中国的机智人物故事更是层出不穷，迄今已在汉族和四十多个少数民族中发现了九百五六十个机智人物故事群。这些机智人物故事群，少则十数篇、数十篇，多则一二百篇、三四百篇，其中不乏影响较大的故事主人公，不乏精彩的、耐人寻味的篇什。从历史渊源的久远，从作品的数量和质量，从故事主人公艺术形象及其广泛的代表性诸方面来考察和衡量，中国的机智人物故事在世界范围内是不多见的。

除了中国以外，机智人物故事在亚洲、欧洲、非洲、美洲等地亦有流传。就地区而言，以亚洲较为突出；就国家而言，以土耳其、伊朗、阿富汗、印度、印度尼西亚、泰国、哈萨克斯坦、蒙古、日本、朝鲜、德国、保加利亚、罗马尼亚较为突出；就机智人物形象而言，以阿拉伯的朱哈、阿布·纳瓦斯，土耳其、伊朗、阿富汗和中亚细亚的霍加·纳斯列丁（毛拉·纳斯尔丁、纳斯尔丁·阿凡提），印度的比尔巴，印度尼西亚的卡巴延，泰国的西特诺猜，哈萨克斯坦的阿尔达尔·科塞，蒙古的巴岱、日本的吉四六，朝鲜的金先达，德国的厄伦史皮格尔，保加利亚的希特尔·彼得，罗马尼亚的帕卡拉等较为突出。

我们编选的"中外机智人物故事大观丛书"，旨在全面介绍世界各国的机智人物故事，借以引起读者对这一类民间故事的兴趣。此套丛书共有十册：《捉弄和珅——中国古代机智人物故事选》《奇怪的家具——中国汉族劳动者机智人物故事选》《智斗太守——中国汉族文人机智人物故事选》《反穿朝服见皇上——中国汉族官宦、讼师机智人物故事选》《国王有四条腿——中国西北少数民族机智人物故事选》《佛爷偷糌粑——中国东北西南少数民族机智人物故事选》《巧审"大善人"——中国云贵川少数民族机智人物故事选》《教国王的黄牛诵经——中近东、北非机智人物故事选》《巧断珍宝失窃案——亚洲机智人物故事选》《教皇中计——欧洲、美洲机智人物故事选》。本书即其中的一册。

倘若读者通过本书，通过这一套"中外机智人物故事大观丛书"，能够增进对于古今中外机智人物故事的了解，并且从中获得艺术欣赏的乐趣，我们将感到无比欣慰。

编　者

2012 年冬于北京

目　　录

朱哈的故事 / 1
　受考验 / 1
　雅号 / 2
　你忘了无花果 / 2
　躲梦 / 3
　先见之明 / 3
　射箭表演 / 4
　教驴读书 / 4
　加倍处罚 / 5
　住客栈 / 5
　乌鸦逮水牛 / 6
　一巴掌的价钱 / 7
　一样不一样 / 8
　比例失调 / 8
　真主的恩赐 / 9
　三次讲经 / 9
　斋月计日 / 10
　圣徒唤树 / 10
　朱哈与哲学 / 11
　一个问题一个石榴 / 13
　登门拜访 / 13
　三个难题 / 14
　农民比国土大 / 15
　说得到做得到 / 15
　炖鹌鹑 / 15
　这次听你的话 / 16
　诅咒应验 / 16
　当心！糕点中有毒 / 16
　我在袍子里 / 17
　智擒小偷 / 18
　卖绸子 / 18
　路遇 / 19
　念书 / 19
　惜驴 / 19
　陈醋 / 20
　写信 / 20
　在房顶吵架的人知道 / 20
　不听母亲话的驴 / 21
　失驴 / 21
　丢驴 / 22
　巧妙的回答 / 22
　让我也死一卜 / 22

拿豌豆垫床 / 23

霍加·纳斯列丁的故事 / 24
献无花果 / 25
霍加和帖木儿互相讲客气话 / 26
平息帖木儿的怒气 / 27
霍加因为惧怕帖木儿便跑回
　乡下去了 / 28
霍加和犹太人 / 29
审理两个美女的诉讼 / 30
贤明的判决 / 31
"谁出卖食物的热气,谁就收回
　钱的响声" / 31
充当"影子法官" / 32
判给原告人"没什么" / 33
霍加怎样把线卖给投机商人 / 34
为了兑换这块金币,你还得补
　付钱 / 35
霍加和帖木儿打猎遇雨 / 35
霍加在地里找到一罐金子,想把
　它交给地方长官 / 36
喝醉酒的喀孜 / 37
"施予人者亦将受于人" / 37
夜里吃掉了甜馅饼 / 38
惩罚受贿的喀孜 / 39
对真主的英明表示崇敬 / 39
在唠叨鬼那儿吃开斋饭 / 40
想骑着公牛逛一会儿 / 41
帮助老婆分娩 / 41

谁先开口说话呢 / 42
霍加和他的儿子及驴子在
　大路上 / 43
霍加努力忍住了说谎 / 44
引债主大笑 / 44
让驴子养成吃斋的习惯 / 45
让老婆骑在背上玩 / 45
老婆们的狡猾的问题 / 46
"谁有天蓝色的项链,我就
　更爱谁" / 47
霍加忘记他只是笼头被偷了 / 47
稀有动物 / 47

毛拉·纳斯尔丁的故事 / 49
毛拉评诗 / 49
真主的客人 / 49
县官上当 / 50
你比我小多了 / 50
女人当家 / 51
很快就会变瘦 / 51
驴头似的脑袋 / 51
为何退出宴席 / 52
"无"和"没有" / 52
证人 / 52
特效药 / 53
毛拉服毒 / 53
问得妙 / 53
不能那样做 / 54
上当受骗 / 54

虚名的价值 / 54

嘴巴发痛 / 55

我也喜欢钱 / 55

毛拉读书 / 55

再次变驴 / 55

谁之过？/ 56

免得引起疑心 / 56

谁心疼 / 57

死了还能动弹 / 57

吃消化过了的东西 / 57

墙上的钉子 / 57

毛拉断案 / 58

毛拉成神 / 58

毛拉许愿 / 59

徒具虚名 / 59

两次被盗 / 59

手为什么发臭 / 60

"听不懂" / 60

食欲不振 / 61

过冬的准备 / 61

吃饭的时间 / 62

感谢不得 / 62

纳斯尔丁的故事 / 63

出使印度 / 63

都是，陛下 / 67

打猎 / 68

王宫 / 68

供给与需求 / 69

昔日的价值 / 69

在人生的途中 / 70

醒着还是睡着 / 70

鱼救过我的命 / 71

在国境线上 / 72

试过一次 / 73

鱼被捉住了 / 73

幸福并不在你要找它的地方 / 74

如果真主保佑 / 74

千万别打扰骆驼 / 75

推理的实例 / 75

生活的步伐 / 76

榜样 / 76

恐惧没有宠儿 / 77

盐可不是羊毛 / 77

纳斯尔丁和聪明人 / 77

魔袋 / 78

走私 / 79

错误的统一 / 80

长袍 / 80

蠢货 / 81

阿布·纳瓦斯的故事 / 82

阿布·纳瓦斯和埃及商人 / 82

把国王给卖了 / 85

能说会道的六头牛 / 91

产前阵痛 / 92

缝石臼 / 94

教国王的黄牛诵经 / 95

鞭笞化为金币 / 96

　　国王的大臣会下蛋 / 98

　　阿布·纳瓦斯险些被杀 / 99

　　穷人和冷水池 / 103

　　一只长了大胡子的老虎 / 107

　　阿布·纳瓦斯抬清真寺 / 109

　　阿布·纳瓦斯和法官 / 110

贾的故事 / 114

　　贾在西班牙 / 114

　　丢失毛驴以后 / 115

　　劳动合同 / 115

　　贾与守夜人 / 115

　　两只老鼠 / 116

　　诓骗苏丹国王 / 118

　　毛驴与棍子 / 119

　　"我死了" / 120

　　再也不走啦 / 120

朱哈的故事

（阿拉伯）

相传朱哈实有其人，本名阿布·格桑·本·萨比特，大约生活在阿拔斯王朝（754—1258）早期，出生在库法（今伊拉克境内）。其人诙谐善谑，经常嘲弄权贵，甚至敢与哈里发①开玩笑。朱哈的名字最早见诸文字是十世纪。以他为主人公的各种笑话、趣闻、轶事，从十世纪起逐渐传遍两河流域②和地中海东岸一带。后又传入土耳其，与十三世纪土耳其出现的霍加·纳斯列丁的笑话、趣闻、轶事合流，甚至达到难以区分的程度。后来将它们汇编成册时，阿拉伯人称之为《霍加·纳斯列丁·朱哈趣闻轶事》，简称《朱哈趣闻轶事》。本书选录的朱哈的故事，译自几种不同版本的阿拉伯文《朱哈趣闻轶事》。

受 考 验

帖木儿让一个土耳其人在宫廷中担任要职，大臣们都不同意，但又不敢直说，于是大家去求朱哈，说："你是帖木儿所喜欢的人，我们希望你去劝

---

① 哈里发：当时伊斯兰教国家政教合一的最高统治者。
② 两河流域：指幼发拉底河和底格里斯河流域。

阻帖木儿。"朱哈答应了。帖木儿知道这件事以后，要试试朱哈的胆量，便把朱哈带到练武场，让他站在那儿，然后命令射手向他射箭。一个射手射了一箭，从朱哈的两腿之间穿过，朱哈大吃一惊，但他一声没吭。接着另一个射手又射了一箭，射穿了朱哈的袖子，朱哈吓坏了。还没等他定神，又一箭飞来，正从他的高帽子上穿过。朱哈吓得魂飞魄散，像个木柱子一样站在那儿，一动也不动。大家祝贺朱哈经住了考验，帖木儿也很赏识朱哈的胆量，除了赏给他大量的金银，还给了他一件新裕袢和一顶新帽子。朱哈说："请国王再给我一条裤子。"帖木儿说："射手并没射中你的裤子呀？"朱哈说："是的，国王，你的射手虽没射破我的裤子，可是我出的冷汗已经把我的裤子湿透了。"

雅 号

一天，帖木儿对朱哈说："纳斯尔丁，你知道，阿拔斯王朝的诸位哈里发，每人都有一个雅号，比如信赖真主者、依靠真主者、顺应真主者等。要是我也是阿拔斯王朝的一个哈里发，你看我取个什么雅号好？"

朱哈马上回答说："陛下，要是那样的话，你的雅号无疑叫作'老百姓求真主保佑'。"

你忘了无花果

帖木儿请朱哈吃饭，并让厨师用无花果加奶皮做点心。朱哈最喜欢吃这种点心，可是直到吃完饭，这道点心也没有端上来。朱哈虽说十分生气，但也没说什么。

做完宵礼，帖木儿说："朱哈，给我们诵读一章《古兰经》吧！"

朱哈诵道："以大慈大悲的真主的名义，……凭橄榄发誓①。"

---

① 凭橄榄发誓：这章《古兰经》的开头应是凭无花果发誓，凭橄榄发誓。

帖木儿问："你怎么把无花果忘了？"

朱哈说："不是我忘了无花果，而是你忘了无花果。"

躲　　梦

帖木儿告诉别人，说他夜里做了一个梦，梦见有个人要杀他，他便举刀把那个人砍了。

这话传到朱哈耳朵里，他连忙收拾东西，逃到另一个村子里去了。大伙儿问他："帖木儿喜欢你，信任你，你为什么要离开他呢？你这样做对我们国家是个损失。"朱哈说："他梦见的那个人就是我呀！如果他知道了那个人是我，就要杀我的头，我还是远走为好。"

先见之明

一天，帖木儿把阿克谢哈尔城的长官找来，宣布要没收他的全部财产，理由是他侵吞了大量的公款。长官不服，呈上账簿，让帖木儿检查。那时的账簿用的是从欧洲进口的厚纸制成的。帖木儿大怒，一把撕碎账簿，命令长官把它吞下去。长官只得一口一口往下吞。从此这位长官就成了连一个达尼克①都没有的穷光蛋。

后来，帖木儿把朱哈召来，任命朱哈掌管国家的公款，因为帖木儿听说他为人正直，公私分明。朱哈虽然极力推托，但帖木儿非让他接管不可。

到了月底，帖木儿要查账了，朱哈把账簿呈上。帖木儿一看，账目都写在几张薄饼上，忍不住笑了："朱哈，你在搞什么名堂呀？"朱哈回答："陛下，我年龄大了，胃口可不如我的前任，只能吃这种纸。"

---

① 达尼克：阿拉伯古代货币名。

射箭表演

帖木儿带朱哈去看骑兵们射箭。在观看过程中,朱哈自我炫耀地说:"我也略懂一点儿箭术!"帖木儿就让他当场表演,朱哈推辞不过,就拿起弓来射了一箭。箭从靶子很远的地方飞过,他对帖木儿说:"苏克班①国王是这样射箭的。"他又搭上一支箭,还是没射中目标,他说:"我们的长官是这样射箭的。"第三箭正射中靶心,他骄傲地说:"瞧,朱哈是这样射的箭。"

教驴读书

有人送给帖木儿一头健壮的驴,帖木儿非常高兴。人们争相夸这头驴好,每个人都给它评论一条优点,简直把这头驴捧成了一个神奇的动物了。

该轮到朱哈评论了。好话都被旁人说尽了,朱哈想了想说:"这驴很聪明,还能学会读书呢。"帖木儿听了大喜,就对朱哈说:"朱哈,如果你能教会它读书,我重重地奖赏你。如果你教不会它读书,我可得惩罚你。"朱哈说:"请您给我三个月的时间,我一定能教会它。"帖木儿答应了,并且吩咐手下人说,朱哈要什么就给他什么。

朱哈从早到晚训练驴子读书。三个月到了,朱哈为驴子配了漂亮的笼头和鞍子,把它牵到帖木儿的面前。他在驴嘴前头放了一把椅子,椅子上放了一本书,驴就一页一页地翻起书来,还不时地抬起头来朝朱哈叫唤几声,那样子好像在说什么。看的人都惊奇不已,帖木儿更是高兴,立即赏给朱哈很多钱和珠宝。

有人问朱哈:"朱哈先生,您是怎么教会驴子读书的呢?"朱哈说:"我买了一百张最好的羚羊皮,然后把它装订成书,我在书页里撒了些大麦粒,每天都在驴的面前一页一页地翻,驴就拣食书里的大麦吃。这样训练了一个

---

① 苏克班是一个小国的名字。

月，我就让它自己翻，又过了一个月，它就自己能翻了。这时我不在书里放大麦，它翻开一页不见大麦，就再翻一页，又看不见大麦，就抬起头来叫唤，今天考试前我已经两天没喂它了，所以考试很成功。"

加倍处罚

有个县官老爷问朱哈道："你要我赐你些什么？"朱哈说："我想请你写个命令，让每一个怕老婆的人都向我缴纳一头驴。"县官老爷照办了。朱哈怀揣着命令到处转，打听到哪儿有人怕老婆，就向他出示县官的命令，并征收他一头驴。没过多久，朱哈赶着一大群驴回来了。县官老爷见了大吃一惊，心想，在我的管辖区里怎么会有那么多的人怕老婆呢？

第二天，朱哈去晋见县官老爷，向他汇报情况，并诉说沿途的所见所闻："老爷！这次出门我遇见了一个绝色美人，她面似满月，唇红齿白，体态轻盈，妩媚多姿，又多才多艺，温柔典雅。我已经瞒着人偷偷给你弄来了。"

县官老爷喜得眉开眼笑，连连用手示意朱哈说："轻点，朱哈！我太太就在隔壁，她若听见我们的谈话，一定会大闹的。"朱哈站起来说："哈哈，老爷，你也是个怕老婆的，不过你立令犯令，罪加一等，对你的处罚应该加倍，快给我两头驴吧！"

住 客 栈

朱哈出门到另一个城市去，夜里宿在一个客栈里。第二天早上他对客栈的老板说："昨天夜里我听到房顶上吱吱嘎嘎地响个不停，你去找个木匠来看看，是不是房顶要塌下来啦？"老板说："先生，别担心，这房子结实着呢，你听到的声音是它在赞美真主呢！"朱哈说："它只赞美真主我倒不怕，我就怕它突然跪到地上做起礼拜来。"

乌鸦逮水牛

一天，朱哈到他的果园里去，看见两个小孩儿正在争夺一只乌鸦。在他们的折磨下，乌鸦已经奄奄一息了。

朱哈走上前去对他们说："孩子，别为一只乌鸦打架。看，都快把这只可怜的鸟儿弄死了。"

朱哈性情温和，待人和蔼可亲，又有"影子法官"之称，孩子们都愿意听他的话。一个孩子抢先说："朱哈大伯，这只乌鸦原来在那棵树上，是我弓着身子做梯子，他登着我的肩膀，才爬到树上去把它抓下来的。可他抓了鸟不给我，说全是他的功劳，要不是我驮着他，他能抓到吗？"

另一个孩子也赶紧说："朱哈大伯，就算是他做了梯子，可是比起抓鸟来又算得了什么，在树上抓鸟可不比在地上抓青蛙那么容易，是我轻轻拨开树叶，一点没发出响声才抓到的。"朱哈听了两人的话，笑容可掬地对他们说："你们别抢了，把它卖给我吧。我这儿有几个迪尔汗，你们拿去好了。"两个孩子拿了钱，高高兴兴地跑了。

朱哈把乌鸦拿到手，就把它放了。可是这只乌鸦太虚弱，没有力气飞到树上去，正巧田里有一头水牛，乌鸦便落在了水牛角上。朱哈高兴极了，对乌鸦说："真主保佑，你给我逮到这么大的猎物。"他一手拿着乌鸦，另一只手牵着水牛回家去了。

这头水牛原是邻居家的，邻居找了很长时间也没找到，一家人都快急疯了。后来有人告诉他，是朱哈牵走了他家的牛，邻居立刻跑到朱哈家去，说："你为什么偷我的牛，让我一直找到现在，鞋都跑破了。"朱哈听了以严厉的口气回答说："这牛是我的乌鸦逮的，我的乌鸦是我花钱买的，它受过训练，我把它放开，它就为我逮了这头牛。你说是你的，光凭嘴说我就能给你吗？"

牛的主人气得没法，去喀孜①那儿告了状。喀孜令人把朱哈传来，朱哈向喀孜陈述了他的理由，并悄悄对喀孜说等回去杀了牛一定送给他一罐牛油。于是喀孜就把牛断给朱哈了。

第二天，朱哈果然给喀孜送来一罐牛油。这时又有人给喀孜送来些鸡蛋。喀孜想：用牛油煎鸡蛋，味道一定很美。于是他用勺子去舀油，谁想竟舀上来一些深绿色的滑渍渍的东西，仔细一看原来是牛粪。喀孜大怒，立即差人去抓朱哈。

朱哈正坐在家里等着。一听传他，立刻就来了。喀孜怒气冲冲地喊道："朱哈，你怎敢让我吃牛粪？"朱哈说："先生息怒，你听说过两个迪尔汗买的乌鸦能逮住价值一千个迪尔汗的水牛吗？你是依据什么法律把水牛判给我的？"

喀孜听了这话羞得满面通红。从那天起。喀孜再也不敢接受贿赂了。朱哈也把水牛还给了牛的主人。

一巴掌的价钱

一天，朱哈在街上走着，身后来了一个人狠狠地打了朱哈一巴掌。朱哈回头一看，是个不认识的人，他立刻怒冲冲地说："你干什么？""对不起，老先生，"这人连忙解释，"我错把你当成我的一个好朋友了，请原谅！"

朱哈不肯放过这个人，拖他到喀孜那里去评理。正巧这个人是喀孜的朋友。喀孜听了朱哈的申诉后，对朱哈说："他打了你一巴掌，你也打他一巴掌算了。"朱哈不同意喀孜的判决。于是，喀孜又重新做出判决，叫他的朋友拿出一个迪尔汗给朱哈做赔偿，并对他的朋友说："你回家去拿钱来给这位老先生。"

朱哈接受了喀孜的这一次判决。他坐在公堂里等，等了好几个时辰，也不见那人拿钱来给他。这时，朱哈才知道上了喀孜的当。他见喀孜正低头忙

---

① 喀孜：伊斯兰教处理民事诉讼的宗教法官。

着办公事,便悄悄走到喀孜身边,举起手来狠狠打了喀孜一个响亮的耳光,然后对喀孜说:"喀孜先生,我忙得很,没有时间等了。如果他拿钱来送给我,你自己收下好了。"说完马上走了出去。

一样不一样

一天,朱哈到外乡去讲经,住在一个财主家里。第二天早上,财主请朱哈教他念经、写经。朱哈念一段经,财主跟着念一段经,朱哈写一段经,财主照着写一段经。财主学了半天工夫后,对朱哈说:"朱哈先生,你念的我都会念了,你写的我也都会写了,我和你之间没有差别了,我用不着你了。"

朱哈回答说:"不,你我之间有很大的差别。我是步行到你们这里来的,路上走了三天,吃了很大的苦头。如果你像我一样遭穷,像我一样步行到我们家乡去,像我一样受到失望和拒绝,像我一样得不偿失而归,这样我们之间才没有差别啊!"

比例失调

一个波斯人来到阿克谢哈尔,对朱哈描绘伊斯法罕的王宫如何如何雄伟高大,说是每座宫殿里都有一百五十个房间,每个房间占地面积至少达一千多平方尺。

朱哈不甘示弱,告诉那人说:"我们首都也有许多宫殿,最近里面新建的一个浴池占地面积就达五十万平方尺……"

这时,又进来一个波斯人,是刚从首都回来的。朱哈一见他来忙改口说:"……它宽五十尺……"先前那个波斯人马上问道:"那这个浴池的长宽比例不是太不合适了吗?"

朱哈指着后来的那个波斯人回答说:"本来我是想让它长宽比例合适的,只是这人来的时间太不合适了。"

真主的恩赐

一天，朱哈坐在窗前观看雨景，看见他的一个邻居正在大雨中拼命奔跑。朱哈对他喊道："喂，你跑什么呀？"邻居回答说："躲雨呀！你看，我的衣服都快淋透了。"朱哈说："哎呀，下雨是真主对我们的恩赐，难道你要躲避真主的恩赐吗？"邻居听了朱哈的话，马上不跑了，在大雨中慢慢地走着。朱哈目送着他，看见他被淋得像个落汤鸡一样走进了家。

过了一些日子，有一天外面又下起大雨。朱哈的这个邻居也坐在窗前观看雨景，忽然，看见朱哈抱着头在大雨中奔跑，于是，他也对朱哈喊道："喂，你跑什么呀！你忘了你对我说过的话吗？下雨是真主的恩赐，你不要躲避嘛。"朱哈回答说："不跑不行呀，我担心践踏了真主的恩赐。"说完飞快地跑回了家。

三次讲经

一天，朱哈登上阿克谢哈尔城清真寺的讲坛，对前来听讲经的人们说："你们知道我要对你们讲什么吗？"大家回答说："不知道。"朱哈说："既然你们不知道，我讲了有什么用呢？"说完从讲坛上下来，走了。

第二天，朱哈又登上讲坛，对听讲经的人们说："你们知道我要讲什么吗？"大家回答说："知道。"朱哈说："既然你们知道，那就用不着我讲了。"说完又从讲坛上下来，走了。

于是，大家商量了一个对付朱哈的办法：如果他第三次登上讲坛，还像上两次那样发问，有的人就回答说知道，有的人就回答说不知道。看他怎么办。

第三天，朱哈登上讲坛，果然又问道："你们知道我要讲什么吗？"大家马上按照商量好的办法，有的说"知道"，有的说"不知道"。朱哈听了大家的回答，便说："很好，知道的人告诉不知道的人就行了！"说完又立刻下了讲坛，走了。

斋月计日

斋月到了。为着计算日子，朱哈买了一只瓦罐，每过一天，他便往里面丢一颗小石子。不久，朱哈的做法被他的小女儿看见了。她想帮帮父亲的忙，于是捧了几把小石子，丢到了瓦罐里。

一天，朱哈和邻居们闲聊天，在谈到斋月过了多少日子时，他和大家发生了争执。他对大家说："从斋月的头一天起，我就开始计日子，每天朝瓦罐里丢一颗石子，我回去数数石子，就知道今天是斋月的第几天了。"

朱哈跑回家，倒出瓦罐里的石子，一数竟有一百二十颗。他嫌太多，担心邻居们说他傻，就把石子分成了两半，然后跑出去对邻居们说："今天是斋月的第六十天。"邻居们哈哈大笑地问他："朱哈，斋月只有三十天，什么时候有过六十天呢？"朱哈很生气，说："你们真烦人！要知道这六十还是个半数，我那瓦罐里有一百二十颗石子。今天应当是斋月的第一百二十天呢！"

圣徒唤树

一些人和朱哈在一起聊天，他们问朱哈："朱哈，怎么能证明你是个圣徒？"朱哈说："我叫石头往我这儿来，石头就来；我叫树过来，树就往我这儿走！"众人不信，说："那就试试看，你叫那棵大柳树过来！"朱哈说："好。"然后细声细气地叫了三声："柳树，你过来！"

柳树没动，连树枝也没摇。于是朱哈便走到柳树下。

众人说："你这是干什么？你不是说树能走到你那儿吗？"朱哈说："圣徒们都没有架子，既然它不来，我就到它那儿去，这不是一样吗？"

朱哈与哲学

故事发生在帖木儿统治阿克谢哈尔时。一天，从远方异国来了一个自称学者的人，他通过翻译告诉帖木儿，他有一些问题，想考考这里知识高深的学者。

帖木儿命令把全城的学者名流都召集来，并把异国来的学者要考问的事说了一遍。帖木儿说："如果谁能回答他提出的问题，那就为我们的国家增了光；如果回答不上，就会被各国所耻笑，说我们没有人才。"

学者名流们在一起商量由谁去回答，怎样回答，讨论了很长时间也没有结果，谁也不敢去应试。有人提出向朱哈请教，于是他们把朱哈请了来。

人们将事情的原委告诉了朱哈。朱哈考虑了一会儿，说："让我去试一试，如果我回答得对，使他哑口无言，那当然好；如果我答得不成功，你们就说这个人是个疯子，我们不承认他是学者，然后你们再找另外一位学者去对付他。但我有一个条件：如若我答试成功了，你们每个人都得送我一件礼物。"大家齐声说："行，行，要什么都行。我们的目的是要使这个异国的学者哑口无言。"

到了考试的那一天，广场上搭起了大帐，帖木儿全身披挂端坐中间，士兵们个个手执兵器，气氛十分严肃。那位异国学者来了，他留着长头发，样子很怪。朱哈穿着袷袢，头上缠着大布巾，身后跟着他的学生哈马德，他进得帐来坐在帖木儿的右边。

考试开始了。异国学者走进广场中，在地上画圈，然后看着朱哈。

朱哈用棍子把圆圈划成两半，抬起头来看了那人一眼，然后又画了一下将圆圈划成四份。他用手指了指其中的三份，接着指了指自己，然后又指了指剩下的一份，又指指那学者。那学者表示完全理解朱哈的用意。

学者两手交叉做了个圆形，并伸开手臂上下晃动。朱哈也伸开手臂上下晃动，那学者频频点头，表示赞许。

学者两手拄在地上，像动物那样用四肢走路，又指了指肚子，好像有什么东西从肚子里出来。

朱哈看了忙从口袋里掏出个鸡蛋，并摆动两手做要飞状。那学者见了非常惊奇，连忙走上前来十分尊敬地吻了朱哈的手。他向帖木儿祝贺，祝贺他的国家里有这样举世无双的学者。大家都为朱哈的胜利高兴，纷纷将自己携带的礼品送给朱哈，帖木儿更是馈赠给朱哈许多珍宝。

人们散去后，帖木儿通过翻译问那学者："你和朱哈做的动作是什么意思？我们都看不明白，请你给我们讲讲吧！"

学者说："在创造世界这个问题上希腊人和以色列人是有分歧的。我不知道伊斯兰学者的观点是什么，很想了解一下。我画了一个圆圈，意思是说地球是个圆的。朱哈把它划成两半，一半是南部，一半是北部；后来他又划成四半，三半朝向他，一半朝向我，意思是说地球上四分之三是水，四分之一是陆地。接下来我的动作是问他大树、泉水、矿藏都是怎么产生的。他的意思是天空有太阳，天上往下下雨，再加上真主的力量世界上就有了万物。我最后一个动作是说动物繁衍生息一代接一代。他很赞同，并且拿出一个蛋来表示鸟类就是一个证明。这说明你们这个学者谙熟天文地理、世间万物，他是你们国家的光荣和骄傲。"

帖木儿款待了那位学者，然后那人就走了。

帖木儿又把朱哈找来，让他解释一下他的回答。

朱哈说："那人和我一样都饿了，他画了一个圈，意思是一个装馅饼的大盘子，我把它分成两半，意思是我们像兄弟一样平分。我看看他，他似乎不明白，我又画了一下，分成四半，我要四分之三，给他四分之一，这回他看明白了。然后他又指了指放在火上的饭锅要端下来吃，我告诉他还没放作料，我拿了些盐、香料和葡萄干放在锅里。最后他四肢趴在地上，说他饿得不行了，很想吃这些好吃的东西。我的动作是告诉他：我比你还饿，饿得差点飞了起来，我早晨起来没什么东西吃，只有一个鸡蛋，他们急急忙忙把我找来，我就顺手放在口袋里带来了。"

大家听了都大笑不已。

一个问题一个石榴

有个学者碰到了几个难题。百思不解,请教了许多学者也没有找到答案,心里很苦恼。后来,有人告诉他:"你的难题只有一个人能解答,他就是阿克谢哈尔城的纳斯尔丁·朱哈。"

于是,学者带了几个石榴,动身去找朱哈。他走到阿克谢哈尔城外,看见一个戴着缠头布、穿着敞袍的老头儿在犁地,便走上前去和这个老头儿搭话,却不知道他就是朱哈。学者见他说话斯斯文文的,就请他解答难题。朱哈看见学者带着石榴,马上说道:"好的。不过,你得给我报酬,我每解答一个问题,你给我一个石榴。"学者答应了。

达成协议后,学者向朱哈提问了。学者提一个问题,朱哈回答一个问题,学者就给朱哈一个石榴,每个问题都回答得很圆满。最后,学者把石榴全给了朱哈,还剩下一个难题要朱哈解答,朱哈说:"你没有石榴了,走吧!"说完继续犁起地来。

学者自言自语地说:"这里的乡下人都这么有学问,他们的学者更不用说了。"他一转念,猛然醒悟到,这就是最后一个问题的答案。于是,他顺着来路回去了。

登门拜访

一个财主总装作很器重朱哈的样子。有一天朱哈去看他,快走到他家时,这个财主从窗户里看见朱哈来了,赶忙藏了起来,其实朱哈早已从窗户里看到他的脑袋了。朱哈敲门说:"请开开门,我看你来了!"财主的妻子打开门对朱哈说:"我丈夫刚刚出去,他若知道你光临,一定会感到高兴的。"朱哈高声回答道:"请告诉先生,下次出去时可别把脑袋再忘在家里。"

三个难题

有三个修道士①,周游列国,每到一个国家都要和当地的学者们讨论疑难问题。一次,他们来到了罗姆②国,想会会该国的知名学者。有人告诉国王说,朱哈是个机智风趣的人,可以把他请来和他们见见面。

国王在王宫的院子里摆下了宴席。朱哈骑着毛驴,奉召进了王宫。他和三个修道士见过面,对他们说:"先生们,我们先讨论讨论难题,然后再用宴吧!"

第一个修道士站起身来,问朱哈:"先生,世界的中心在哪里?"朱哈用手杖一指,说:"喏,就在我这头毛驴右前腿站立的那块地方。"这个修道士很诧异,问朱哈:"何以见得?"朱哈从容地说:"你如果不信,就用尺子把世界量一量,差了一丝一毫,算我说得不对。"

第二个修道士接着站起来问朱哈:"先生,你知道天上的星星有多少?"朱哈马上回答:"和我这头毛驴身上的毛一样多。"这个修道士问:"你怎么知道正好一样多?"朱哈说:"如果你不信,那你就数数我这头毛驴身上的毛,多了一根,少了一根,找我。"

这个修道士又问:"你数过你这头毛驴身上的毛吗?"朱哈反问道:"那你数过天上的星星吗?"

第三个修道士问朱哈:"先生,你知道我下巴上的胡子有多少根?"朱哈毫不迟疑地回答:"我这头毛驴尾巴上的毛有多少根,你的胡子就是多少根。"这个修道士问:"你如何证实?"朱哈说:"你拔下你的胡子来,再拔下毛驴尾巴上的毛来,数一数,就知道了。"

三个修道士听了朱哈又快又诙谐的回答,乐得哈哈大笑,一致称赞他是个聪明风趣的人。

---

① 修道士:天主教徒。
② 今小亚细亚半岛一带。

农民比国王大

村长到朱哈家做客,问朱哈说:"国王大还是农民大?"

朱哈回答:"当然是农民大了。如果农民不种麦子,国王就得饿死的。"

说得到做得到

朱哈到另一个城市去,一位亲戚见了对他说:"到我家去吧,我虽没什么好吃的,面饼和盐巴总还是有的。"

朱哈高高兴兴地接受了邀请,来到那位亲戚家。过了一会儿,那位亲戚真的只端来一个面饼和一小撮盐巴。朱哈实在太饿了,只得勉强吃了。

正在这时,有一个讨饭的来敲门,恳求主人施舍一点儿。那位亲戚喊道:"快走开,否则我会出去敲碎你的脊梁骨。"讨饭的没有理会,继续敲门和恳求。朱哈忙从窗户里探出头来劝那讨饭的说:"快走吧!不然,他真会敲断你脊梁骨的。他是个说得到做得到的人。"

炖 鹌 鹑

朱哈打了许多鹌鹑,洗净后放入大锅,加好作料,盖上锅盖,放在火上炖。自己出门去请一些反对捕捉野味的朋友来共同尝鲜,借以堵堵他们的嘴巴。

这时,一位朋友趁他不在家,带着几只活鹌鹑进来,撤去火,揭开锅盖,把煮熟的鹌鹑连肉带汤全拿去了。临走前,把那几只活鹌鹑放在锅里,并盖上盖。

朱哈带着朋友们兴高采烈地到家后,伸手就去揭锅盖。突然,几只鹌鹑都展翅而飞了。朱哈惊得目瞪口呆,半天才说:"真主呀,这些鹌鹑是我捕来后亲手烧熟的,怎么又活了呢?好吧,就算鹌鹑能变活,可是我放的作料都跑到哪儿去了呢?"

这次听你的话

朱哈小时候不听爸爸的话,他爸爸让他干什么,他偏不干;不让他干的事他偏偏要干。他爸爸知道他的脾气,每次让他干一件事总是故意说反话。

有一次,朱哈跟爸爸一起赶着毛驴从磨房出来,沿着河岸往家走。朱哈甩鞭把驴赶得飞跑,驮在驴背上的面口袋眼看就要掉在河里了。朱哈的爸爸在后面急忙大喊:"朱哈,口袋没有歪,不要管它!"

朱哈看了看爸爸说:"以前我一直不听你的话,这次我就听你一回吧!"没走几步,口袋掉到河里被水冲走了。

诅咒应验

一个人老是欺负朱哈,有一天他把朱哈用了二十七年的木棍给折断了。朱哈十分心痛,愤愤地诅咒道:"我祈求真主折断你的腿,四十天以后,你将得到报应,真主要报复你的。"那人看到朱哈气得浑身发抖的样子,笑着走了。那人刚走不远,碰巧脚下一滑仰面朝天倒了下去,摔断了左腿。这下他可吓坏了,他以为真的是真主在惩罚他,于是赶忙爬回到朱哈跟前,痛哭流涕地恳求:"朱哈先生,请你原谅我吧,你说我四十天之后得到报应,怎么这么快就应验了?"朱哈说:"这次报应是因为你四十天以前欺负了别人。四十天之后你的右腿还会折断的,那时你连爬都爬不到我这儿了。"

当心!糕点中有毒

阿克谢哈尔的知名人士都知道朱哈有才学,他们筹资办了个学校,请朱哈去做老师,教他们的孩子们读书。

一天,一位学者的儿子放学回家,父亲拿过书来考儿子。儿子回答得很好，父亲十分满意，第二天便派了一个侍从送给朱哈一盘酸面点心。点心送到学校时，正赶上朱哈要去参加一个朋友的葬礼。他临走之前对学生们说："放在书架上的那盘点心，你们千万可别动。因为我怀疑送点心的人居心不良，很可能在点心里放了毒药，如果你们谁吃了中毒而死，我可得去蹲牢房。"他确信这番话在学生中间产生了影响，放心地走了。

朱哈有个侄子也在这个学校读书，并且是个班长，他知道朱哈的话是骗人的，朱哈前脚刚走，他就从书架上把盘子端下来，招呼小伙伴们来吃点心。伙伴们说："你没听老师说这点心里有毒吗？我们不吃，也不想送死！"朱哈侄子说："朱哈的话是骗人的，你们不吃，我可要全吃了。"伙伴们又说："就算是没有毒，可老师回来我们怎么说呢？"朱哈侄子说："这你们不用管了，由我对付他。"孩子们笑着闹着，一会儿就把点心吃光了。

吃完点心之后，朱哈的侄子坐在朱哈的椅子上，并把朱哈桌子上的裁纸刀故意弄断。正在这时，朱哈回来了，他进门先看了一眼书架，发现点心已经没有了，又见自己心爱的小刀也坏了，立刻火冒八丈地喊道："是谁把我的刀子弄断了？"

孩子们都指着班长。

朱哈问侄子："你为什么把我的刀子弄断？看我不打断你的腿。"

朱哈的侄子大哭起来，他一边哭一边说："我的铅笔尖断了，想用你的刀来削铅笔，不想削铅笔时把刀也弄断了。我害怕，心想我有什么脸去见叔叔呀！他回来一定得打我，说不定还要打断我的腿，与其受这个惩罚还不如死了的好。我想投井，又怕弄脏了学校的井，最后我想到那盘有毒的点心，我默默地告别了父母，闭起双眼把点心吞了下去，然后我就坐在你的椅子上等死，到现在还没死呢！"朱哈听了侄子的话说："唉！聪明人怎么都生在我们家了！"

我在袍子里

一天，朱哈走出家门，一位邻居问他："喂！朱哈，昨天晚上，我听见你们家里吵吵嚷嚷的，好像还有一件很重的东西从楼梯上扑通通地滚下来，搞得我心神不安，到底是怎么回事呀？"

朱哈垂头丧气地说："唉！我和老婆吵架了。她动手打我的袍子，袍子从楼梯上往下滚。才撞得楼梯扑通通地响。"

邻居诧异地问："袍子从楼梯上滚下来，不会有那么大的声音呀！"

朱哈不耐烦地说："你们干吗非要打破砂锅问到底，别问了好不好？袍子从楼梯上往下滚的时候，我正在袍子里嘛。"

智擒小偷

一天夜里，朱哈听到房顶上有小偷的脚步声，他故意对妻子说："昨天夜里我回来敲门时你睡着了，我念了一声咒语'月儿月儿，拉住我'，双手拉住月光就进了院子。"小偷在房上听了咒语，暗暗背了下来。他双手悬在空中，口念咒语从房上往下跳。只听"扑通"一声，摔在地上，肋骨都摔断了。朱哈听到声音，立刻跑出来抓住小偷，他叫妻子："快点上灯，我捉住一个贼。"

卖 绸 子

朱哈的妻子织了一匹绸子，让朱哈拿到集市上去卖。布一个商人总想用低价买下朱哈的绸子。朱哈发觉了商人的用意，心想，既然他想这样赚我的钱，那么我也要用他的办法来对付他。于是，朱哈从泥塘里拣来一个扔了很久的骆驼头，上面包了些绸子伪装成一匹绸子的样儿。过了一会儿，商人又来还价了，这次给的价钱还是很低。朱哈算了算也不赔钱，就说："卖给你，付钱吧！"商人又问："这绸子是你们家自己织的，还是别人织的？我真怕里边藏有假货啊！"朱哈说："小心里边有个骆驼头。"商人以为他在开玩笑，毫不在意地付了钱，拿起绸子走了。走在半路，商人打开绸子一看，发现绸子里真的裹有一个骆驼头，便急忙回来找朱哈说："你怎么在绸子里包个骆驼头欺骗买主？"朱哈笑着说："我没骗你，我说了里边有骆驼头，是你自己愿意买下的，何况你也没掏够一匹绸子的价钱呀！"

路　　遇

一天，朱哈在路上碰到一个并不认识的人，他马上和人家聊了起来，并且亲热得很，就像多年没见面的老朋友一样。等那人要和朱哈分手时，朱哈问他说："对不起，先生，我还不认识你呢，请问你是谁呀？"

那人奇怪地说："那你为什么这样亲热地和我说话，好像我们以前就是老朋友一样？"朱哈说："请你原谅，我见你戴的缠头布、穿的长袍子和我的一样，我把你当成我自己了。"

念　　书

一位阿塞拜疆人有一本波斯文的书，他在路上遇见朱哈时说："请你给我念念这本书，把它的意思给我解释一下。"朱哈接过书一看，见是一本波斯文书，于是把书还给那人说："你另请高明吧。"

那人坚持要朱哈读。朱哈推脱说："我和老婆吵架了，心里烦得很。你这本书倘若是土耳其文，我还能给你念念。"那人生气地说："你既然不懂波斯文，为什么头上戴着博士帽，身上穿着长袍，装得像个有学问的人？"

朱哈也生气了，立刻把帽子和长袍脱下来，往那人面前一丢说："那好吧，如果念书和衣帽有关，就请你穿戴起来，把这本书念两行给我听听。"

惜　　驴

朱哈在集市上买好蔬菜，把蔬菜装进褡裢里，然后背着褡裢，骑着毛驴往家走。路上，有个熟人碰到了他，诧异地问："朱哈先生，你怎么不把褡裢挂在驴脖子上，自己轻轻省省地骑着呢？"

朱哈回答说："先生，做事要凭良心。这头驴驮我一个大人，还驮了别的东西已经够重的了，难道我还忍心让它再负重吗？说老实话，我可是从来没有这样做过。"

陈　醋

一天，有个邻人到朱哈家寻醋，进门就问："朱哈，你家里有放了四十年的陈醋吗？"朱哈说："有。"邻人对朱哈说："那你给我一点儿好吗？"朱哈说："我不能给你。"邻人问："你为什么不能给我呢？"朱哈答："要是我给了你，别的人也跟着来要，我也得给他们，这样我还会有放了四十年的陈醋吗？"

写　信

有个朋友对朱哈说："巴格达有我一位朋友，请你代笔帮我写封信给他。"朱哈拒绝说："天哪，你别找我的麻烦了。现在我可没有工夫到巴格达去。"说完转身就走。

朋友跟在朱哈的后面，拉住他说："我只是请你帮我写封信，没有让你亲自到巴格达去呀！"朱哈回答道："你不知道，我写的字除了我自己外，谁也不认识。如果我帮你写了这封信，你的朋友看不懂，那我不是还得去一趟，把信念给他听吗？"

在房顶吵架的人知道

夏天的一个晚上。朱哈和老婆一起在房顶上乘凉。朱哈躺在床上，老婆坐在床边上，两个人说着话，说着说着话不投机吵了起来。朱哈生了气，起身下床在房顶上走来走去。他以为自己是在屋子里，一不小心，失足栽了下去，恰巧跌在一个邻居的头上。大家十分吃惊，马上围了过来，问他是怎回事。朱哈很不好意思，一边哼哼一边说："谁和他老婆在房顶上吵过架，谁就会知道我是怎么跌下来的。"

不听母亲话的驴

一天，朱哈从集市上买了一头驴，路上，他想去办点小事，于是把驴拴在一棵树上，径自办事去了。这时来了两个小偷，两个人一嘀咕，其中一个人解开驴缰绳拴在自己脖子上；另一个小偷把驴牵走了。不一会儿，朱哈办完事回来发现驴子不见了，回头一看，只见树上拴着一个人，不禁大吃一惊，问道："你是谁？"

"我就是你买的那头驴。"小偷答道，"本来我是个人，可是因为不听母亲的话，她很生气，一怒之下，求告真主把我变成了驴。刚才我母亲动了善心，又请求真主把我变还人了。"

朱哈信了他的话，劝告他要听母亲的话，然后把他放掉了。

第二天，朱哈又去集市上买驴，他一眼就看到昨天买的那头驴也在圈里，于是走过去在它耳边轻声说："哈哈！你又不听母亲的话啦，所以又变成驴了。真主在上，这次我发誓可不买你了。"

失　　驴

朱哈的驴被人偷走了，朋友们都关心地来看他。朱哈请朋友们帮助他寻找小偷。朋友们听了朱哈叙述的失盗细节后，一个朋友首先发言说："你应该在驴棚的门上加把锁。"另一个说："你当时死了吗？小偷是把驴从大门赶出去的，又不是放在胳肢窝里带出去的！"第三个说："我到夜里就把牛棚锁上，钥匙放在枕头下面。"朋友们越说越激动，都是责备朱哈疏忽大意的。朱哈实在忍耐不住了，气急地说："先生们，难道都是我的不对，而小偷就一点错也没有吗？"

丢　驴

朱哈丢了毛驴，一边寻找一边不住地念叨着："感谢真主。"大家听了非常奇怪，就问他："你丢了驴子，为什么反而感谢真主呢？"

朱哈答："如果我当时骑着毛驴的话，不是连我自己也丢了吗？所以我要感谢真主。"

巧妙的回答

朱哈有两个老婆。一天，她们一齐来找朱哈，并拉住朱哈的衣裳问："我们两人你最喜欢谁？"朱哈很为难，只好含含糊糊地说："你们两个人我全喜欢。"两个老婆都不满意，揪住朱哈不放，非要他说清楚不可。小老婆问朱哈："假如我们两个一起掉进了阿克谢哈尔湖里，你下湖先救谁？"

小老婆这么一问，使朱哈更加为难，一时想不出好答案来。他认真地想了一想，看着大老婆说："亲爱的，我看你多少识点水性，是不是？"

让我也死一下

一个大热天，朱哈到朋友家里去做客。主人端上了一大杯杏子露，并递给朱哈一把小小的精制的金调羹，自己则用了一把大铜调羹。两人开始舀杏子露吃了。夏日酷暑，杏子露甜凉味美，主人一舀就是一大口，每咽下一口都说一声："啊，好喝死了！"朱哈使劲地舀，每次只能舀到一点点，刚够舌头舔一舔的，心里很不痛快。他看到朋友的舒服劲头，再也忍不住了，于是对朋友说："请你给我换个大调羹，让我也死一下吧。"

拿豌豆垫床

有个人约朱哈吃晚饭,左等右等不见朱哈来,主人只好自己用餐了。朱哈来后,主人以为朱哈已经吃过晚饭了,就一个劲地和朱哈聊天。聊了一两个时辰,他对朱哈说:"祝你夜里睡个好觉!"说完便送朱哈到卧房里休息去了。

朱哈躺在床上,因为肚子里饿得慌,怎么也睡不着。他从床上爬起来,在房子里走来走去,肚子饿得叽里咕噜难受极了。于是,他走到主人卧室的门前,用手敲门。主人问:"谁呀?"

朱哈客客气气地回答说:"是我呀!你家的被褥太软和了,我睡不着。请你给我送些熟豌豆来,我把它垫在身子底下,这样我就能睡着了。麻烦你了。"

以上四十二则刘谦　万曰林　徐平译

霍加·纳斯列丁的故事

（土耳其）

据土耳其许多学者考证，故事主人公并非虚构的人物，而是实有其人。他于伊斯兰教历六〇五年（1208—1209）诞生于土耳其西南部西甫里希萨尔城附近的霍尔托村。他三十岁时离开故乡去阿克谢希尔城定居。据说他曾当过乡村的清真寺的领拜人，进城后当过宗教学校的教师，并成为伊斯兰教的神学家和苏非派学者，于伊斯兰教历六八三年（1284—1285）去世。他本名"纳斯尔·埃德·丁"，连读为"纳斯尔丁"或"纳斯列丁"，意译出来就是"宗教的胜利"或是"对宗教的支持"和"对宗教的援助"。出于对他的敬重，在土耳其及其他一些国家、地区，人们称他为"霍加·纳斯列丁"或"纳斯列丁·霍加"，在伊朗、高加索一带，人们称他为"毛拉·纳斯尔丁"，此外，在旁的国家、地区，还称为"纳斯列丁·阿凡提""毛拉·纳斯列丁·阿凡提"，简称"霍加""毛拉""阿凡提"。"毛拉"系阿拉伯语，意为"保护者""主人"，是穆斯林对伊斯兰教学者的尊称。"霍加"和"阿凡提"均源于突厥语，前者意为"老师""教师"，是对有学识的人的尊称；后者意为"先生"或"老师"，是对男子的一般称呼，或是对有学问的人的尊称。相传他擅长讲笑话。他讲的笑话在民间流布的过程中逐渐得到充实、发展，成为以他作主人公的趣闻、轶事、笑话。它们自十三世纪起便在土耳其、伊朗等地传播。直到十六世纪，才由土耳其作家拉米伊（1471—1531）将其中的一部分作品记录下来，收进他编的笑话集。十八世纪，有关这个人物的笑话、趣事才被采录起来编为专门的集子。现在最流行的是土耳其民间文学研究家维列德·伊兹布达于1909年编印的霍加·纳斯列丁笑话集。霍加·纳斯列丁的笑话、趣事，长期以来在小亚细亚半岛、阿拉伯、中近东、巴尔干半岛、高加索、中亚细亚、中国新疆，以及欧美的一些国家地区广为流传。故事主人公已成为民间文学中的"世界性的形象"。

献无花果

侵占了罗米利亚苏丹伊尔迪里姆·巴耶塞德[①]国土的马维兰纳赫尔[②]的国君帖木儿[③]，在安卡拉近郊会战之后，曾在阿克谢希尔住过一些时候，对待已去世了的霍加非常亲热。多亏霍加，阿克谢希尔的老百姓才避免了残酷无情的帖木儿的普遍屠杀以及他的一切暴行。

有一次，霍加·纳斯列丁在一个大盘子里摆了三只李子带去献给帖木儿。路上，这几只李子在扎盘里东滚西滚，不管霍加怎样讲着："乖乖地站住，不许乱动，否则我就把你们吃掉！"——可是丝毫也没用处，李子依旧蹦跳着、滚动着。霍加生气地接连吃了两只李子，把仅剩的一只献给了艾

[①] 巴耶塞德一世（1360—1403）是1389—1402年的土耳其苏丹，外号"伊尔迪里姆"，意译为"闪电般锐利的"或"迅雷不及掩耳的"巴耶塞德，或译"电光"王。1402年在安卡拉附近为帖木儿击败并被俘。

[②] 马维兰纳赫尔，阿拉伯语，意为"在大河彼岸（指中亚细亚阿姆河）的国家"，实即指帖木儿统治的东亚细亚一带而言。

[③] 帖木儿（1336—1405），跛足，外号"瘸子"帖木儿，是十四世纪中亚细亚帖木儿帝国的统治者和侵略者（1369—1405），1370年自封为察合台汗国的艾米尔（即封建统治者之意），1400—1402年曾远征土耳其。帖木儿在侵略时，残杀了大量被征服的当地居民，无情地破坏了被征服的国家。

米尔帖木儿。帖木儿非常高兴，赏给他很多钱。

过了几天，霍加又把许多糖萝卜装在筐子里去献给国君。路上碰到一个人，当那人知道霍加要把糖萝卜献给帖木儿，就说："献无花果给他吧——他会更高兴的。"霍加弄了几斤上好的无花果献给帖木儿。

依照国君的命令，左右的人和仆从们就开始把无花果掷向霍加。无花果打中了他的头，霍加不断地哭诉着："感谢真主，赞颂都归于你，大仁大慈的至高无上的真主！现在我才懂得了忠告的意义。"帖木儿听见这句话就问："霍加，你为什么老是在说感恩的话？"霍加回答："国君，我最初带给你的是几斤糖萝卜，但在路上有个人劝阻了我。假如我带来的是糖萝卜，那会发生什么事啊！我的头和眼睛恐怕都会掉了，什么也不会剩下来的。"

霍加和帖木儿互相讲客气话

帖木儿刚到阿克谢希尔的时候，听说霍加是个好讲话而又专爱说俏皮话的人。有一次，他把霍加请了来。霍加来到帖木儿面前，看见他坐在垫子上，一条腿从坐垫上伸了出来。霍加出现时，帖木儿并没有改换自己的姿势，只不过为了表示恩典，向霍加指点了一下，要他坐在自己坐着的那个垫子边儿上。

可是像霍加这样会说俏皮话的人，是从来不准人家把他们当作小丑看待的。霍加性格开朗朴素，但学问和荣誉对他说来是高于一切的，因此当帖木儿非但不遵守在客人进门时应有的礼节，还伸出了一条腿，——这一切使得霍加非常生气。

其实，帖木儿是个瘸子，不能随便地起坐，而且很难在位置上坐好，因此他只好伸出一条腿。帖木儿重视和人交谈，尊重学者和艺术。他与霍加之间建立了诚挚的友谊。

霍加平静地坐在指点给他的位置上。他佯装成傻瓜的样子，也从坐垫上伸出了一条腿。国君很不以为然，心里想，我是可以原谅的，何况我是国君。可是这个人并不像人家对我讲的那样。假如这是一种古怪行为，那么究竟有什么意义呢？为了刺激刺激霍加，他就说："看起来，你同驴子相去不远。"霍加马上说："我们之间的距离，不过两三尺远。"

帖木儿勃然大怒，但是在他一生之中忍受过种种屈辱和不幸，现在终于达到了目的，他成了一个坚毅的人，一个有远见的国君。

这时送上了饭菜，他们就吃起来。由于霍加狂妄的言语，帖木儿故意直对着他的脸打了一个喷嚏。霍加开玩笑地说："国君，直对着别人的脸打喷嚏，难道是合乎礼仪的吗？"帖木儿对这句话却冷漠地回答："对你这样，不能算是不体面的。"

当他们从桌旁站起，进了清凉的饮料，霍加突然大放其屁。帖木儿盛怒地盯了霍加一眼说："这是怎样一种没有礼貌的行为？你不害羞么？"霍加便说："对你这样嘛，是没什么关系的，谁也不会注意这种声音。"在简短地、镇静地闲谈了一会儿之后，霍加就告辞而去。

在路上，有个学生对他说："你为什么在那位暴君面前放屁？"霍加反驳道："哎呀，毛拉，毛拉！你知道一句谚语么：'当伊玛目[①]放……的时候，大伙儿都得……'"

平息帖木儿的怒气

帖木儿在罗米利亚滥用死刑，使得人们十分恐惧。无论他走到什么地方，总把学者和贤人召到自己跟前问道："我是什么人，是正义的人还是暴君？"要是有人说："你是正义的"——帖木儿就砍掉他的头；而那些说"你是暴君"的人，也都被砍了头。

学者们沉思着，不知道该怎么办。这时霍加的名声已传遍四方，人们就去向他哀求："可怜可怜吧，霍加，除你之外，我们还能指望谁呢？想点办法吧，让真主无辜的奴仆免遭暴君的利剑。"霍加说，"我的亲爱的，虽说这件事并不像你们所想的那么容易，但是正直的真主是被压迫者的助手，也许

---

① 伊玛目：清真寺主持集体礼拜的领拜人。

由于你们祈祷的力量，我能够做点什么。"

他提心吊胆地走向帖木儿的宫廷。有人通报帖木儿，说霍加来了，准备回答他提出的各种问题。帖木儿向霍加提出了那个最平常的问题。霍加回答："不能说你是正义的当权者，也不能说你是好战的暴君。我们才是暴民，而你是一把公正裁判的利剑。是全能的真主派遣你到我们这些该受惩罚的暴民的地方来的。你知道这几句诗么：'真主出于仁慈，对你表示了宽大并给予你厚待；然而，对那些违反戒律的人，他却使他们成了大家取笑的对象。①'"

据说，帖木儿等待着的恰好是这样确切的回答。他非常喜欢霍加，叫他做了自己的亲信；他待在罗米利亚的那些时候，始终不肯把霍加从自己身边放走。也许是出于对霍加的尊敬，他才宽恕了阿克谢希尔和附近地区的人，也才宽恕了喀拉芒地方的人。使这些城市没有遭到暴君利剑的屠杀和他那许多令人厌恨的士兵的抢掠。

霍加因为惧怕帖木儿便跑回乡下去了

帖木儿有个习惯，凡是在梦中打扰了他的人都要被杀死。霍加刚一知道这件事，就慌忙地收拾起什物跑回自己的村子。有人对他说："你是我们的亲人！要知道，只有你能够同他和睦相处。无论你做什么或是说什么，他都不会生你的气。你的同乡会由此得到好处。为什么你丢下所有的人不管，要回到这儿来呢？"霍加回答："当他醒着的时候，由于真主的仁慈，我能够采取相应的办法对付他的一切行动；可是，假如他在梦里梦见我，按照他自己的意志行动起来——我就一筹莫展了。"

---

① 引自波斯大诗人吉拉列丁·鲁米（1207—1272）的诗句。

霍加和犹太人

霍加早上按照常规这样祈祷着："真主啊，赐给我一千个金币吧，如果只有九百九十九个那我就不要。①"他的邻居是个犹太人，听见了这个祈祷。他满怀着好奇心，就在口袋里放了九百九十九个金币；当霍加早晨祈祷时，把口袋从屋顶上的烟囱里扔给他。自己悄悄地听着，到底会发生什么事情。霍加感谢真主听从了他的祈祷，虔敬地拿起从烟囱里丢下来的金币；后来他数了一数钱，发现金币是九百九十九个，他又不动声色地说："真主赐给了我九百九十九个金币，他不至于舍不得再多给我一个吧。"

当犹太人一看见霍加想把这些钱占为己有，心里万分焦急，天一亮就跑到霍加家里去，微笑说："霍加，把金币还给我吧。"霍加非常严肃地说："听着，生意人，你的神经正常么？你讲的是什么钱哪？难道我向你借过钱？难道你给过我一个小钱？"那个犹太人反复地说："霍加，我听见你那样顽强地向真主要钱，于是心里想，'让我来试一试，霍加会不会遵守自己的诺言'——就把钱扔给你了。"但是不管他怎么说，霍加却狡猾地微笑着，坚持自己的意见："你当我真会相信你胡编的话吗？难道一个犹太人为了试探别人，肯从烟囱里丢下这么大的数目的钱吗？那是真主由于我顽强的祈祷才从自己秘密的宝库里拿给我的。"

犹太人看到事情竟这样难办，就提议上法庭。霍加说："我不怕法庭，只是步行着去，对我太不相宜。"犹太人就牵来一头好驴子。霍加又说："我是个有自尊心的人。我怎么能穿着这件旧长袍出现在法官面前？"那个犹太人为了打发这个对手上路，只好拿来一件漂亮的皮大衣，让他穿好了骑上驴子。

霍加和犹太人来到了法官面前。法官问道："你们有什么贵干？"犹太人

---

① 这个笑话的开头，取材自土耳其人祈祷得金的故事；这个土耳其人一连四十天在伊斯坦布尔的阿亚—索菲亚大清真寺做晨祷，于是圣者黑斯尔（乔治亚或是伊里亚）就赏了他一笔钱。

先说："这个人拿了我多少多少钱，现在却不肯归还。"法官就问霍加："对这件事你怎么说？"霍加说："老爷，你问问他吧，那些钱是他亲手给我的吗？"犹太人就把事情的经过叙述了一番。霍加笑着说："法官先生，这个犹太人是我的邻居。大概我数钱的时候，他都听见了。的确，真主赐给我很多钱。他甚至愿意给我一千倍的钱。说到那些犹太人，从来也不会给穆斯林一个小钱儿的，哪怕他穷得要死。这个犹太人想用狡诈的方法夺走我的财产。你问问他，他或许会说，我骑来的那头驴子也是他的。"犹太人很害怕他的驴子也会丢掉，连忙说："当然，驴是我的。因为你不肯步行上法庭，我才给了你一头驴子。"法官觉得可疑。霍加继续说："你听听！还有我身上穿的皮大衣，也是他的吧。"他刚讲完这句话，犹太人禁不住叫了起来："是的，皮大衣也是我的。"于是法官生起气来："啊，你这个恶棍！你想夺走这个我们大家所尊敬的人的财产，还想来嘲弄我这个法官！快从这儿滚吧！"法官叫喊着，就把犹太人赶出了法庭。

霍加规规矩矩地披好皮大衣，骑上驴子回家去了。犹太人绝望地坐在家里。霍加就把他叫过来，还了他所有的东西，用教训的口吻说："听着，从今以后再别过问别人的事情，也不要再搅扰那些虔信教义的人。"这样犹太人想要戏谑的"傻瓜"，却反过来把他教训了一通，这个可耻的失败了的犹太人发誓永远不再搅扰穆斯林们，他还从霍加那里领悟到了真正的信仰道理。

审理两个美女的诉讼

霍加在西甫里希萨尔做喀孜的时候，有两个美女来找他。其中的一个说："阿凡提，我跟这个女人订货，要她编结最普通的绳子，她却为我纺了最细最细的线，细得像我的头发一样。假如她再这么做下去，我就拒绝讲好了的条件，让她把钱还给我。"她一边说着，一边卖弄风情地稍稍露出一点面孔，让霍加看了几缕自己的丝发。

霍加十分窘迫地呼唤着真主，转向另一个女人问："你对这件事怎么说呢?"那个女人讲话的声音微带颤抖和不安,并且似乎是由于愤怒而激动地回答:"我们讲好了是纺缝衣服用的最普通的线,像我的手指一样粗细,而不是编结像我的手腕那样粗的麻绳。"她说着,为了证明自己的话是对的,于是伸出一只白皙的纤手,叫人想起一位诗人所说的:"当理发师穆萨刚用手拿起剃刀,就露出了一只像银子那样雪白的、洁净的手。"

可怜的霍加止住了她的话,把两个女人从头到脚仔细看了一番,微笑着说:"嗳,姑娘们,你们自己商量商量吧。你呢,"——他对被告人说——"纺得稍稍粗一点儿,可别把绳子拉得太紧,这样你们的霍加就不会像刚才那样紧张了。"两个美女听了就笑着走了。

贤明的判决

霍加做喀孜的时候,有一个人拉着自己的对手上法庭,他说:"这个人在梦里拿了我二十个叮当响的阿克恰银币。我要他还,可是他不肯。"霍加对被告施加了压力,要他拿出了二十个阿克恰银币,叮叮当当地一个个数着,然后把钱放进一个匣子,对原告说:"把响声拿走!这样你再不会有什么要求了吧!"又转身对被告说:"你呢,拿回你自己的钱。"

好打官司的人满心羞愧地离开了法庭,在场的人都对霍加贤明的判决表示惊叹。

"谁出卖食物的热气,谁就收回钱的响声"

阿克谢希尔有个穷人,当他走过小饭馆的时候,老在盘算着怎样吃他得来的一个干面包。他听见锅子里发着吱吱的和毕毕剥剥的响声,而锅子里一种龙涎香的气息向四处发散。他走过去蹲在锅子面前,掰下几块面包放在热气上熏,一会儿面包变软了,他就放进嘴里。店主对这种吃法很是惊异,起初一声不响地观察着他。可是当穷人刚一吃完东西,店主就揪住他的衣领,要他付食物的钱。这个穷人说并没有拿他一点东西,便拒绝付钱。

这时霍加正在阿克谢希尔做法官。小饭馆老板带着穷人去见法官。霍加仔细地听完了他的控诉，就从口袋里取出两个帕拉铜币[①]，把店主叫到自己跟前。"好好侧着耳朵。"他对他说完，就开始把钱摇得叮叮作响。接着说，"你听着！"小饭馆老板惊讶地说道："这是什么意思？"霍加回答他："判决完全合乎司法的要求：谁出卖食物的热气，谁就收回钱的响声。"

充当"影子法官"

霍加在科尼亚的时候，去见州法官，请求让他在省里当一名喀孜。由于当时各地刚刚委派了喀孜，州法官便拒绝了他。霍加又请求在城里给他安插一个什么合适的位置。但是不管他怎么请求，州法官都用各式各样的借口回绝了他。最后霍加说："法官先生，既然您对我表示了这么大的好感，既然您坚决地保证，只要一有合适的位置，您准定把它给我，——那么，我请求您给我一个目前还空着的职位。既没有任何应征者，也没有任何竞争者。无论对于政府还是对于民众，都不会有什么损害，而对您只会有好处：它可以使您摆脱开那些您无法解决的困难的诉讼。"州法官同意了，他说："好吧。你说这是个什么职位，我乐意给你。"霍加说："您任命我在您身边当'影子法官'吧。"这个头衔他们彼此都很满意。州法官说："可以，我任命你当'影子法官'。这是你的办公室。"于是霍加严肃地坐在房角里，在自己面前放一张小桌，上头摆了些文具，每天都来办公。

有一次，一个人拖着自己的对手来见州法官说："阿凡提！这个人不肯给我应得的东西。"州法官问："你向他要求什么呢？"原告人回答："这个人为西拉吉丁财主劈了三十捆柴。每次他用斧子劈下去，我都站在对面给他助威：'劈得好，劈得好！'总而言之，我帮助了他。现在他拿到了钱，对我的功劳却什么也没给。"州法官问被告人事情是否如此，那个人承认了，但是州法官不能断定他怎样处理才好。当他陷入窘境时，便想起了"影子法官"，

[①] 土耳其流通的铜币名称，是一个披亚斯特（库鲁什）的四十分之一。

于是对原告人说:"这个案件不归我管。这类的案件由'影子法官'审理,他坐在对面那个办公室里。"——说完派他们随同差役到那儿去,而他自己出于好奇心,就在帘幕后头听着将要发生的事。霍加听完了诉讼,对原告人说:"是啊,你是对的,何况你站在他对面,每次他挥动斧子,你都出了汗,感到了疲劳,他却拿了所有的钱。哪儿见过这种事儿?"

被告人说:"发发慈悲吧,阿凡提!要知道,柴是我劈的,他只不过站在我对面;他有什么权利得到钱?"

霍加说:"住口,你还没到了解的程度呢。赶快给我拿块木板来,我要数钱。"

木板拿了来,霍加就从那个劈柴的人手里把钱拿过来,开始一个个地往木板上丢。霍加对劈柴的人做了这样的判决:"你把钱拿走。"——又转身对那个用呼喊声鼓励劈柴的原告说:"你呢,得到的是钱的响声。"

这种对于诉讼非同寻常的判决,使得在场的人十分惊讶。

判给原告人"没什么"

某一次,有两个人来见州法官。原告人说:"阿凡提!这个人背着柴走路,他绊了一跤,摔倒在地上。柴掉了下来,他请求我帮他把一捆柴放到背上去。我问了他,要给我点儿报酬。他说'没什么'。'好吧'——我想了一下就答应了。我帮他背好了柴,就要求他允诺的那个'没什么'。请让我得到自己应得的东西。"

州法官同样地叫他们去见"影子法官",那位法官审理类似诉讼的本领是久经考验的。霍加照例仔细地听完了事情的原委,就说:"嗯,你当然是对的;毫无疑问,他应该履行自己的诺言,——偿清自己的债务。"霍加指着自己坐着的地毯,接着说:"老兄,请你到这儿来!掀起我在上面走着的这块地毯,看看那儿有什么东西?"原告人回答:"没什么。""那么,就把这个'没什么'拿走吧。好了,好了,别再耽搁了,赶快拿走属于你的东西,滚开去做自己的事情吧。"

霍加怎样把线卖给投机商人

霍加把他老婆纺的线拿到集市上去，诡诈的商人用各式各样狡猾的手段，想以极低的价钱买他的线。霍加想："好哇，对于你们这些投机商人，必须以其人之道还治其人之身。"他从一片水洼里拣起了一个很大的骆驼头，把它带回家去。他把线缠在骆驼头上面，缠成一个极大极大的线卷。他重又到集市上去，把线拿给商人们看。其中一个人给了相当低的价钱。霍加心里想："倘如除去'皮重'，恰好是实在的价钱。"霍加说："行，你数给我钱吧。"可是那个商人起了疑心，霍加怎会以这样低的价钱出卖一个那么大的线卷呢？于是他说："听着，这些线是你自己家里纺的吗？到底是自己的还是别人的？瞧，里头没有什么别的东西吧？"霍加一本正经地说："里面有个骆驼头。"买主这才放心了。数清了钱，霍加就拿它们买了需要的东西。

商人在自己的铺子里倒开了线卷，发现里面有个骆驼头，就去找霍加。他对霍加说："喂，难道可以这样吗？你欺骗了我。"霍加微笑着回答道："我给你的这次教训，带给你很大的益处，要比你想用刁滑的手段从我手里得到几个披亚斯特，好上一千倍。第一，我可怜的老婆瞎着眼睛纺的那些线，我迫于穷困才卖掉的，它带给你的利润比法定的还要大，——要晓得，我是了解市场价格的。第二，我对你说过真话：是的，那里面有个骆驼头，我承认这是狡诈，但是你买下了。如果我不这样做，而只要实在的价钱，——我的线卷就会留在我手里，我也不可能买我需要的东西了。要是我白白地给了你，那我就成了个傻瓜，遭受了损失，希望落空地离开你回家去。有学问的和笃信宗教的人是不做滑头的事情的，比如我，也只在极端必要的情况下才使用这种办法。假如我的东西你不能卖到你付给我的钱，假如在目前的情况下你甚至一点小小的利润都得不到，那么我呢，无论在什么地方，只要我不从大地上消失，我时时刻刻准备偿还你的债，借以改正自己狡猾的过错。"

为了兑换这块金币，你还得补付钱

有一次，霍加坐在一圈人中间交谈着。这时走来一个他不很熟识的人说："霍加，亲爱的，给我把金币兑换开吧。"霍加正坐在人们中央，他和这些人保持的是一种官场中的关系，因此羞于承认自己没钱。他决定摆脱那个请求者，就说："难道就在此刻吗？"那个人非常需要钱，继续坚持要兑换开。霍加迫不得已的要想点什么办法；他说："好吧，把金币给我！"他把金币拿在手里翻过来掉过去，似乎是在判断重量。末了说："听着，我不能给你兑换这块金币：它的分量不足。"那个人就说："行啊，你兑换开吧，你要多少就拿多少，我没有什么反对的话。"霍加含糊其词地说："唉，唉，你的金币太轻！不行，我不能兑换它。"可是那个人抓住霍加的手恳求道："好吧，随便给我多少都行！我以后把这块金币还回借给我的人，再把你的钱还给你。你就帮帮我的大忙吧。"听了这些话，霍加直流汗，他恼怒了。为了摆脱开那个请求人，他又把金币翻了一次，在手心里掂量着，他说："我算了一算，为了兑换这块金币，你还得补付给我六个半阿克恰银币。"

霍加和帖木儿打猎遇雨

有一次，霍加到帖木儿的宫廷去。帖木儿吩咐让他骑一匹不中用的驽马，带他一同去打猎。这时忽然下起雨来。大家都快马加鞭飞奔回去。可是霍加骑的那匹马呢，不用说，是跑不快的。于是霍加就把衣裳统统脱光了放在身子底下。雨停了，他重新穿上衣裳回家去。皇上看到霍加居然没被淋湿，就问他究竟是怎么回事。霍加说："一个人有了那样一匹战马，怎么会淋湿呢？雨刚下起来，我就用马刺刺马，它像飞鸟一样刹那间就把我带回这儿来。"皇上十分惊异，命令将那匹马送到总马房里去。

有一次，大家又去打猎。皇上就骑了那匹驽马。可巧又下起雨来。霍加和另外那些陪同打猎的人都用马刺刺了马，很快就回了家，骑着那匹驽马的皇上，浑身都淋透了。他很晚才回到家里，第二天他把霍加叫来，申斥道："难道你可以撒谎么？由于你的缘故，我被淋得精透。"霍加说："你干吗要生气呢？当时你的脑筋到哪儿去啦？如果你也像我一样脱下衣服，藏在自己身子底下，等雨停了再穿起来，你就不会被淋湿，而是干着身子回家了。"

霍加在地里找到一罐金子，想把它交给地方长官

有一次，霍加耕田时，犁在地里触到了一只瓦罐。霍加看到瓦罐里装着满满的金子，就惊讶地张开了口；这个瓦罐的重量大约有一巴特曼①重。他吆喝住了牛，心里想："我不能把这个秘密泄露给任何人，最正确的处理办法是交给地方长官，把经过的情形丝毫不差地告诉他。"

他这样想着，早早地走回家去。老婆看到他突然提前回来，很是惊异。她给霍加端了吃的东西，决定要弄清楚这件事情的原因；当她看见他的褡裢，发现里面有一个瓦罐，就悄悄地拿出瓦罐，放了一块石头进去。霍加吃完饭，就急忙去找地方长官。

地方长官那儿有许多外人，霍加很难向他说明事情的经过。他隔着帘幕向他做手势，高兴地暗示着他的褡裢里有件东西。地方长官说："听着，你走过来，讲清楚有什么事。拿出来看看吧，你的褡裢里究竟有什么东西。"霍加走到在座的人前面，——唉，这个不幸的人啊！——惊讶得真想钻入地缝；当他抖了一下褡裢，从里面掉出了一块石头；而在这以前，霍加从未向谁公开过自己的秘密。在座的人都惊异地看着霍加。霍加很难为情，可是没有表露出来。他对地方长官这样说："大人，先生！我们都是卑贱的奴仆，可是真主比所有的人更知道真情！褡裢里的东西原来有一巴特曼重。当然，政府是明察秋毫的正义的眼睛。它用不着化验成色。在我们乡下，奥卡和巴特曼的重量是早已有区别的。但对于这些不同的重量，处理的办法却是没有区别的！"

---

① 巴特曼是突厥语中古来的重量单位名称，重量各地不同，从两个奥卡到八个奥卡（即两个半公斤到十公斤）不等。

喝醉酒的喀孜

在霍加的故乡西甫里希萨尔，有个酒鬼喀孜。有一次，他喝醉了酒，跌倒在自己的葡萄园里，把卡乌克帽子、比尼什长袍①四处乱抛。恰好这一天，霍加带着自己的学生伊玛德出来散步。一看喀孜这种样子，霍加就拿起他的长袍，穿在自己身上走了。喀孜清醒以后，不见了长袍，就对法庭的警卫说："去吧，睁大眼睛看，谁穿着比尼什长袍，就抓住他带到这儿来。"警卫看见比尼什长袍穿在霍加身上，就把他拖上法庭。

正好是法庭开审的时候。霍加就对法官说："昨天我和伊玛德出去散步。看见在葡萄园里有个喝醉了酒、扎着缠头的人躺在自己呕吐的东西上面。我就拿起他的比尼什长袍，穿在自己身上。我可以提出见证人，拿出卡乌克帽子和缠头。假如你们能找到东西的主人，我立刻就把比尼什长袍还给他。"喀孜说："呶，谁知道那竟是个游手好闲的人！你随便穿着吧，我不打算干涉这件事情。"

"施予人者亦将受于人"

霍加在科尼亚跟喀孜开的那个玩笑，他的邻人也拿来用在他的身上。事情是这样：霍加托付进城去的邻人替他买一点儿橄榄油。那个坏小子装了一瓶尿，上面稍微倒了点油。就在那时霍加拿回几个茄子，老婆准备烧菜。当邻人把油送了来，她就倒入锅子，炖在炉子上。从锅里冒出了一阵阵极其难闻的臭气，他们一看——原来是黄血又黄的尿。霍加暗自骂道："哼，好哇，这个混账！"

过了几天，霍加准备了两个同样的鼻烟壶：一个装了鼻烟，另一个装上粪末。应该在这儿说明，那个狡猾的家伙是非常喜欢闻鼻烟的。霍加在一个

---

① 比尼什长袍：学者在隆重的礼节时穿的一种宽大的长袍。

合适的地方，当那位邻人出现在面前时，他就惹人动心地倒了一撮鼻烟边吸边说："哈，好香！再好也没有了！"他装腔作势地说鼻子如何发痒，来挑逗他的邻人，于是乎那位邻人就恳求他："亲爱的，让我闻闻这种香味吧！"可是霍加异常固执。他说："这是人家送给法官的礼物，他只给我装了一小壶。"说着就把鼻烟壶揣进怀里。终于他还是对那个酷嗜闻鼻烟的人让了步。他从怀里掏出另一个鼻烟壶递给了他。那个邻人老早就想闻一闻了，他把所有的手指都伸到壶边，抓了一把，狂热地吸了进去。一股臭不可当的气味直冲上他的脑袋，他几乎晕了过去。他把脸难看地扭向一旁，说道："你怎么搞的！霍加，这是什么？""这是前几天那瓶油里剩下来的东西……"——霍加这样回答他。

夜里吃掉了甜馅饼

节日前夕，老婆为霍加做了他最爱吃的甜食。夫妻两个快活地吃了一顿，把剩下的藏起来留到第二天早上吃。他们又谈了一会儿天就睡觉了，打算早晨很早就起床。夜里霍加焦躁地推了推老婆的背，说道："老婆啊老婆，起来吧！我脑子里有个重要的想法。我怕我会忘记。我打扰你一会儿，可你得原谅我：事情已经相当严重。我准备吻你的小脚。快把甜馅饼拿来！"

老婆甚至都没问他一声为什么要这么着急，跳起来就把一盘甜馅饼拿了来。霍加坐在盘子跟前，拉了拉老婆的衣裙，让她坐在身边，就拼命地吞起馅饼来。吃完后深深地叹了一口气，老婆请他解释究竟是怎么回事，他说："晚上我们留下了甜馅饼。可是不安的思绪不住地折磨着我的头脑，我没法睡着。我想啊，想啊，想起了这样的谚语：'凡能从人的咽喉滚下去的东西，才是最妙的食物。''好东西自己不吃，定被他人吃掉。'于是我决定听从这个劝告。好了，现在让我睡觉吧。"

惩罚受贿的喀孜

科尼亚有个贪赃的喀孜。霍加送了一个文件请他签署：等了好几个月，他还是没有办，——威胁也好，恳求也好——无论如何都拿不到那个文件。霍加只好亲自到科尼亚去。他带给喀孜一个很大的瓦罐作礼品。喀孜打开罐子，看见里面装满了蜂蜜，就走进霍加等着的那间男客房，和蔼地同他交谈，并当场签署了文件，把它交给了霍加。霍加把文件揣在怀里，意味深长地朝喀孜看了一眼，告辞而去。

过了几天，他又给喀孜送来了鲜奶油，喀孜便想起了送蜂蜜的事。可是他把勺子伸进去刚刚两指深，就发现了乌黑的、黄色的污泥。喀孜很生气，马上叫来警卫，命令抓住那个名叫纳斯列丁的胡闹的小丑，无论如何要把他带到这儿来。警卫在集市上找到了霍加；他买好了各种东西，正预备回阿克谢希尔。警卫毕恭毕敬地向他行了礼，吻了吻他外衣的下摆说："阿凡提！那个文件上，签署时出了点错儿。对不起，喀孜要拿回去改动一下，马上就还给你。"霍加讽刺地微笑着说："文件完全是依照伊斯兰教法典的规矩写好的，你们那位喀孜是有罪的。我们的文件——真主保佑！——是他身边笃信宗教的秘书修改的，而喀孜本人呢，却只有真主才能把他改正。"

他很快地做完了上路的种种准备，就离开了科尼亚。

对真主的英明表示崇敬

有一次，有人偷走了霍加一千个阿克恰银币。霍加就到清真寺去，流着眼泪一直祈祷到第二天清晨，希望真主把钱给他找回来。

恰好这时候，有个当地的商人，在海船上遇到了风暴，他许下愿，如能平安脱险，就捐给霍加一千个阿克恰银币。商人脱了险，果然履行了诺言，如数把钱送给了霍加。当那个商人把在海上遇险的事情告诉霍加时，还补充了一句："这是由于你的庇护和帮助我才奇迹似的得了救的。"霍加想了一会儿就说："真主呀，你的事业是神奇的！……我的钱是在这儿丢的，却在海上找到了。感谢真主的仁慈和恩惠！"

在唠叨鬼那儿吃开斋饭

有一次，霍加可敬的同时代人维里·阿凡提·扎台请他吃开斋饭。他白天就邀请了他，并且一同去逛各处的清真寺，因此霍加早就饿得发慌了。

傍晚他们才回到房子里，那儿已经预备好了开斋吃的食品。霍加斜着眼睛看见了填馅的火鸡，用蜜糖和杏仁做的点心，起酥的馅饼，等等。他馋得直流口水。他们入了座。上好的鸡杂汤端了来。主人郑重地舀了一勺汤，立即叫喊起来："啊，让真主惩罚你吧！管家，我跟你说过多少回：要你告诉那个厨师，叫他汤里别放大蒜！赶快拿走！"汤被端走了，钵子里冒着一团团热气。霍加斜眼目送着汤，轻轻地叹了一口气。主人翻来覆去地说着："阿凡提！跟这些厨师是什么也讲不明白的。无论你怎么吩咐，他总归只按照自己的意思去做。"客人们同声地证实主人的话："是啊，这是实情。"

现在又端上了填馅的火鸡：它烤得像石榴一样地发红，一股麝香的气味向四面发散，馅儿有大米、阿月浑子实、葡萄，都露在外头。主人有礼貌地切下一块尝了尝，突然发起火来，又大声喊叫："唉，你这个大管家！难道前两天我没跟你说过，叫那个畜生厨师不要放香料进去？这明明是故意跟我作对！我不信你会不知道他是怎么搞的。你为我服务了三十年。为了所有的事情让真主给你奖赏吧！拿走！拿走！"盛着填馅火鸡的铜盘也端走了。可怜的霍加深深地长叹了一声，忧郁地盯着那只盘子。

然后按照宗教仪式由太监送上用蜜糖和杏仁做的点心。主人生气地望着他说："啊，你这个糊涂的阿拉伯人！难道饥饿的胃能够吃甜食吗？滚开！"可怜的阿拉伯人身上挨了一鞭，任何人都还没来得及碰一碰那只盘子，他就赶紧抓了起来，刹那间不知不觉地溜出门去。

霍加看到所有盛着最可口的东西的盘子，都被主人用各式各样的借口从桌上端走了。他连忙抓起调羹，挨着靠边摆着的一只盘子坐下，吃起抓饭来①，盘子里冒出令人惬意的麝香和龙涎香的气味。这家的主人大叫起来："快到这儿来，你为什么走开了？"霍加回答："当你在那儿正计算和确定那些盘子所犯的过错和罪行的时候，让我，你最最卑谦的奴仆，去跟我的老朋友倾吐衷曲吧；我要问问它身体如何，仔细地看看它，你呢，还是继续做你的事情吧。"

在座的客人哄然大笑，然后快活地吃起东西来。

想骑着公牛逛一会儿

霍加有一头高大的公牛，长着很大的、弯得像弓一样的角。每当公牛摇晃着角走路的时候，霍加的五脏六腑都颤动起来，他以为公牛已经用角把他举了起来。他幻想着："唉，我真想骑在他的两角中间，抓住它的角游逛一会儿！"

有一次，公牛卧在院子里，霍加找到了好机会，悄悄地坐上它的颈子。公牛狂怒地跳起来，把霍加抛向天空，然后又摔在地上。霍加的鼻子着地倒了下去。他失掉了知觉。老婆走过来，看见他那副模样，以为他死了，就号哭起来。过了一会儿，霍加清醒过来，看到老婆在哭，就说："别哭，好老婆。尽管我稍微吃了点苦，但我终于达到了自己的目的。"

帮助老婆分娩

霍加的老婆到了分娩的时候。她在板凳上坐了整整两天了——还是生不出来。围聚在她身旁的女邻居们便对霍加说："听着，你是否知道什么祈祷词或者有什么办法，帮助她把婴儿生下来？"霍加说："我知道一个有效的办法。"说完这句话，他就跑到食品杂货店老板那儿去，买回几个核桃，走进

---

① 东方的习惯，上抓饭表示宴会结束。

了内室。他把核桃放在板凳上说："瞧，只要婴儿一看见核桃，马上会爬出来拿着玩儿的。"

谁先开口说话呢

霍加用饲料喂驴子喂得厌烦了，就对老婆说："从现在起，你照料驴子吧。"可是老婆不答应，于是他们争吵起来。最后两个人约定好，大家都死守缄默，谁先开口说话，谁就去喂驴子。

霍加走到屋角去，一连好几个钟头坚持着一言不发。老婆感到厌倦了，就披上头巾，跑到女邻居家里去，在那儿一直待到黄昏。叫拜[①]的时候到了。老婆告诉女邻居她同霍加吵架的事。她说："我的丈夫实在固执，他会饿死的，可是他不肯开口讲话。我们给他送一钵子汤去吧。"女人们给了小孩子一钵子汤，叫他去送给霍加。

应该在这儿说明，当老婆到女邻居家里去了以后，有个小偷爬进了房子，他拿起了所有贵重的物品，最后朝霍加坐着的那个房间看了一眼，看见霍加坐在角落里，对一切动静视若无睹。起初小偷吓得发愣，可是看到霍加并没有显出惊慌的神情，非但不叫喊起来，反而像一座石头雕像般地坐着，也不回答他的问话，于是这个小偷认定霍加是个患了瘫痪症的病人；他明目张胆地当着霍加的面，拿起了一切对他可能有用的东西。由于好奇心的驱使，小偷想："呶，我要从他的头上扯下卡乌克帽子；看他叫喊不叫喊？"他便扯下了霍加的卡乌克帽子，把偷的东西背上肩头扬长而去。

这时候小孩子跑来了，对着像石柱一样默不作声地坐在屋角的霍加说："她们给你送来这钵汤。"霍加做手势想让小孩子了解，家里失窃了，甚至拿走了他头上的卡乌克帽子，因此要老婆赶快回家来叫人捉贼，他还指着自己的头，用手在头上绕了三圈。可是小孩子是这样理解的：霍加吩咐他把盛了

[①] 清真寺每天通知大家做礼拜的时间，就是从高塔上高声叫喊，因此称为"叫拜"，亦可译为"祈祷"。

汤的钵子在他头顶上绕三圈，然后翻倒在他的头上。他就按照所理解的那样做了。他把汤浇了霍加一头。汤流到了霍加的脸上、下巴上，他却依然固执地一声不响。

小孩子跑回家去，女人们问他的时候，他就回答说，房子里所有的门、橱子、柜子都大大地敞开着；到处乱七八糟，东西抛了一地；他还讲了倒汤的事情。

老婆猜到家里一定发生了什么不妙的事情，拔脚就奔回家去。当她一看到房子里乱糟糟的情形，就激怒地冲向标本似的坐在房间里的丈夫，大叫道："哎哟，哎哟，这究竟是怎么回事？"霍加说："啊哈，去吧，现在你得去喂驴子了。"他又补充了一句："瞧，你的固执闹出了什么结果！"

霍加和他的儿子及驴子在大路上[①]

霍加和自己的儿子到村子里的什么地方去，他让儿子骑着驴子，自己步行。路上遇到的人看到这种情形就说："瞧，这个年轻人！他让自己年老的父亲，一个有学问的人步行，自己却骑着驴子。"这时儿子对霍加说："听着，父亲，我不是早跟你说过吗？得了，别再固执了，骑上驴子吧。"于是霍加就骑上驴子。

他们走了不多会儿。路上碰见的人又说："啊哈！要知道，你是个身强力壮的人，却骑着驴子。可是瞧，难道能够让这个年幼的、骨瘦如柴的孩子这样受苦吗？"霍加听了就叫儿子和自己一起骑上驴子。

他们刚走了几步，迎面走来一群游手好闲的人。他们看了看霍加和他的儿子，就高声叫喊起来："看这些残忍的人哪！难道可以两个人骑在这么一头小小的驴子身上走这么远的路吗？瞧，瞧，这一定是霍加！"霍加生气了，从驴子身上爬下来，让儿子也下了驴，把驴子赶在自己前面走。

不一会儿，他们又遇到几个人。这些人说："瞧这些傻子，驴子身上空

---

① 这个故事在欧洲也非常流行，最早见于《伊索寓言》。

空的，那么轻松地走在前头，他们却在大热天里勉勉强强地拖着步子走。世界上竟有这样的傻瓜！"霍加听到这些话，就大声叫道："嘿，好家伙！我怀疑能不能有人逃得过别人的诽谤中伤！"

霍加努力忍住了说谎

某一个集会上，大家谈起了骑马的事情。霍加忽然想要讲话，他开始说："我曾经到过某一处领地。管家牵来了一匹马，那是一匹有怪脾气的马，十分倔强，谁也抓不住。村子里的小伙子们想要骑上去，可是它却不让任何人靠近。终于有一个小伙子跳了上去，但它把他往上一甩掷到了地下。另一个小伙子走来，也没办法骑上去。我看着，所有的人都做了徒然的尝试。自己忍不住也想试一试。当时我还年轻。我撩起长袍的下摆，卷起袖子，抓住了马鬃往上一跳，于是……"

他刚说出这句话，突然看见走进来一个当时恰好也在那处领地上的人。霍加就继续说："……于是……我也没能骑上那匹马。"

引债主大笑

有一次，霍加从窗口望着大街，看见债主正在走，他欠这个人的债，已经拖了很久了。霍加对老婆说："我的小羊！你按照我跟你说过的话，从门后边对他说；也许，我们可以长久地摆脱他惹人厌烦的纠缠呢。"可是他忍不住自己也跑到门口，好听他们怎样谈话。

债主敲了几下门。老婆把门打开，问他有什么事。债主生气地说："我想，这时候你从声音上已经猜出了我是谁。我来了一百次，无非是为了同一件事。你们太没良心。你把他叫来，我要跟他说两句话。"老婆保持着温和的口气说："他不在家，要是你有什么话要转达，可以告诉我；你埋怨他完全是对的。真是抱歉得很，我们没能给你准备好钱。可是我们会一点一点地积蓄起来的。我的主人在房前种了一排小树。乡下的畜群时常从我家门前走过。那些绵羊碰着这些小树，就会留下一绺一绺的羊毛。我们从树上把羊毛收下来纺成线卖掉。这样，就能还清欠你的债了。我们绝不会吞吃掉人家的财产的。"

债主猜出钱是收不到手了，大概是那个还钱的法子引起他的兴趣，他无意中笑了起来。当霍加看见债主阴沉沉的脸上呈现了笑容，他忍不住了，就从老婆的背后探出头来说："咳，你这个没出息的人！你把钱存在可靠的人的手里，现在却因为高兴而粗鄙地哈哈大笑了。"

让驴子养成吃斋的习惯

有一年冬天，霍加非常穷困。他心里想："假如我把给驴子吃的一份大麦稍微减少一点，那会怎么样呢？"于是他就开始比日常的标准少给了驴子一点。他看见驴子还是像过去一样快活。过了一段时间，他又减少了一小把。驴子还是照旧地快活。他这样就把给它吃的分量减到了一半。真不错，驴子还是安安静静的，霍加觉得它的情况很好。又过了一两个月，他给驴子吃的比一半还少。驴子忧郁起来，最后，长久地躺着，差不多完全不吃干草了。这时候，大麦已经减少到剩了一小把。有一天早晨，霍加跑进牲畜棚，看见驴子已经死了。霍加说："唉，我已经完全让这头驴子养成了禁绝肉欲的习惯，可惜死来得不是时候，妨碍了它继续生存下去。"

让老婆骑在背上玩

阿克谢希尔的市长宠爱自己的老婆，于是老婆就干预起地方大事来：任用谁、不用谁都听她的。达官贵人都去找霍加。霍加用各种有教益的范例来说服市长不要屈从自己的老婆。当市长老婆知道是霍加使她遭受到这种打击时，就想法子把霍加的老婆拉到自己的一边来。

霍加每年夏天从乡下回来的时候，都要到市长家做客。市长老婆找到一个机会，让霍加把自己的老婆也带到市长家里来。有一次，当霍加和他的老婆坐在房间里谈笑时，老婆对丈夫说："听着，我看见外面的墙壁上挂着一副马鞍，你把它拿进来，我想玩一会儿。"霍加无法抗拒，立刻跑过去把马鞍拿来。老婆把马鞍装在他的背上，把笼头套在他的头上，然后就骑在他的身上。当霍加驮着他这位亲爱的骑手在房间里跑着叫着的时候，市长的老婆就穿过门缝把这个情景指给自己的丈夫看。当霍加大声叫喊着，向两边踢着腿奔跑时，市长禁不住哈哈大笑起来。

最后，市长再也忍不住了，就把门打开。他对霍加说："霍加，啊呀，啊呀，啊呀，这是什么意思？"霍加丝毫都不觉得难为情地说："这很好，你恰好亲眼看见我这里发生的事情。我这样做，正是为了给你提出忠告，千万别让自己弄到这般屈辱的地步。至于我呢，我们是些最平常的人，权柄并不在我们手上；我们在这儿可以随便做任何事情，权力只在室内通行。这对谁都没有害处。但是假如你把权柄交给自己的老婆，那时全区就会闹得一塌糊涂了。"市长听了这番训诫，变得更加小心谨慎，于是他的老婆就毫无办法了。

老婆们的狡猾的问题

原来霍加有两个老婆。有一次她们两人一起到他那儿去，缠着他，问："你更爱哪一个——我呢还是她？"可怜的霍加陷入了困境；他回避回答，就说了一句空话："两个都爱。"但是她们对这句话不满意，仍旧向他进攻。年轻的老婆说："喏，假定我们两个人在阿克谢希尔湖上划船，船翻了，两个人都掉在水里，而你这时正在岸上，那么，你先救起我们当中的哪一个呢？"霍加对这种出现在他眼前的可悲的情景，表现出一副沮丧的神情，假装十分难过的样子对年长的老婆说："听我说，要知道，看起来你好像稍稍会游点水，是吧？"

"谁有天蓝色的项链,我就更爱谁"

霍加有两个老婆。他分别给她们买了一串天蓝色的项链,嘱咐她们绝对不要拿给另外一个人看。"这是我的爱情的表记。"霍加说。有一回,她们两个人奔到霍加那儿去,大声叫嚷着:"你更爱我们哪一个?你更眷恋谁?"霍加回答:"谁有天蓝色的项链,我就更爱谁。"两个女人安静下来,每一个都暗自想到:"他更爱我"——认为自己高于对手。霍加就是这样善于和两个老婆和睦相处的。

霍加忘记他只是笼头被偷了

霍加有一副漂亮的笼头被偷了。他只好揪住驴子的耳朵牵回家去。过了几天,他看见那副笼头戴在一头高大的埃及驴子的头上。他惊讶地打量着这头驴子,打量着它的头部和身躯,然后说:"头么像是我的驴子,可是它的身子变得多厉害!"

稀有动物

有一次,霍加到树林里去砍柴,捉到了一只兔子。他从来还没有看见过这么奇怪的小动物!他把它带回去,想让大家看看这究竟是什么动物。于是他把兔子装进袋子,紧紧地扎好袋口,带回家去。到了家里,他把抓住兔子的事情告诉了老婆,并且叮嘱她,在没有把邻居们都叫来之前,绝对不能打开袋子。

大家都知道,人常被一种禁止的事情所诱惑,霍加的老婆就正是这样。她独自一人留在家中,心里想:那里面会是什么呢?我倒要看一看。她刚打开袋子,不用说,那只兔子就跳出来,穿过烟囱跑到屋顶上去了。老婆大吃一惊,无可奈何,就把她手边碰到的一个称麦子用的秤砣塞进袋子,重新扎起来。她在等待着，这一切会是怎样的结果。她老是想着，丈夫可能带回来一个傻瓜；也许大家不相信他，不肯跟着他来，总之会有什么办法应付过去的。

但是事情恰恰相反：霍加走上大街的时候，城里著名的人士刚好参加宴会回来，经过霍加的门口。他们遇见了霍加，很想探听是怎么回事，于是那些怀着好奇心的人拥进了霍加的家，想观赏观赏那个稀有的动物。

霍加让他们在一个大房间里坐成一个圆圈，坚决地要他们把手朝上举着，以防那个稀有的动物逃掉。然后他走向壁橱，仔细地从那儿把袋子拖出来。大家满怀好奇地凝目注视着那只袋子，霍加打开袋子，抖了一下，扑通一声，一个称麦子用的秤砣从里面滚了出来。霍加难为情地说："真怪啊！十个这样的秤砣等于四十公升。"

以上三十二则戈宝权译

毛拉·纳斯尔丁的故事

(伊朗)

毛拉·纳斯尔丁,即霍加·纳斯列丁。其故事与土耳其的霍加·纳斯列丁的故事同源异流,有不少篇什甚为相似。这里选入的毛拉·纳斯尔丁的笑话、趣闻、故事,译自哈吉·穆罕默德·拉玛扎尼编的《毛拉·纳斯尔丁》(德黑兰东方书社1961年出版)一书。

毛拉评诗

国王写了一首颂诗,拿给毛拉看。毛拉看后说:"诗写得不怎么样。"国王闻言大怒,当即下令把毛拉囚禁起来,饿了他一天一夜。

事过不久,国王又写了一首颂诗,要毛拉发表评论。毛拉什么话也没说,站起来就要走。国王问道:"你到哪儿去?"毛拉答道:"去监狱。"

真主的客人

城里有个二流子盯上了毛拉,每天都死皮赖脸地向毛拉要东西。毛拉施舍过他几次,可他非但不知感恩,反而更加厚颜无耻地缠住毛拉不放。

一天中午,毛拉刚进家,就听到有人敲门。毛拉问:"谁呀?""是我,真主的客人。"二流子像往常一样地回答说。"好，跟我来吧。"毛拉走出家门口说，"我会使你满意的。"

毛拉和二流子走了一大段路，来到一座高大的清真寺门前。

"请进吧，尊贵的客人。"毛拉指着清真寺说，"这就是真主的家，他会比我更热情地招待你。以前，你认错门了，今后就请直接到这里来吧。"

县官上当

毛拉去见县官，请他签署一道这样的命令："今派毛拉去各地巡查，凡发现怕老婆者，均征收家鸡一只，概不例外。"县官以为毛拉只是开开玩笑，便答应了他的要求。

数日后，毛拉带了近百只鸡，来到县衙门，径直走进县官的内室。县官见毛拉带来那么多鸡，颇为惊奇地问道："怎么，这些鸡全是你根据那道命令征来的吗？"

"是呀。"毛拉说，"后来我因不耐其烦，中途返回了；否则，全县的有妇之夫，都得交出一只鸡。闲话少说，今天我到这儿来，特有密事相告：某地有个女仆姿色非凡，嗓音甜美，大人何不纳其为妾？"

说到这里，只见县官忙把手指架在鼻梁上，小声道："别嚷嚷，夫人在门后偷听哩。"毛拉哈哈大笑道："原来你也如此！快交出一只鸡来，我有急事，恕不奉陪了。"

县官这才恍然大悟，知道是上了毛拉的当。既然有言在先，"概不例外"，他也只好赔上一只鸡。

你比我小多了

毛拉出席县官召集的会议，他对该县的施政方针和采取的各项措施提出了严厉的批评。县官听了好不自在，但又不便打断他的发言。毛拉慷慨陈词，滔滔不绝，越讲越起劲。县官终于冒火了：

"你这个人好不知趣,当着像我这样的大人物的面,哪有你啰唆的份儿?""对不起,"毛拉说,"我看你比我小多了。"

女人当家

从前有个县官,非常怕老婆,事无巨细,都得向老婆请示汇报,甚至任免下级官吏和惩处百姓这样的事也不例外。

这天,县官请客,宾朋盈门,好不热闹。忽见毛拉背上驮着自己的老婆,像头驴似的爬将进来。县官见了,觉得可气又可笑,便责备毛拉道:"你这家伙,怎么搞的?情愿让老婆当驴骑,成何体统!"

"大人有所不知,"毛拉毕恭毕敬地回答,"我们家是女人当家,一切由她说了算。今日赴宴,她非要把我当驴骑不可,我哪里敢违命呢?"

县官闻听此说,只羞得满面通红,一句话也说不出来。

很快就会变瘦

在毛拉住的城里,有个极为吝啬的县官。这天县官对毛拉说:"听说你很喜欢打猎,就请你为我找一条上等的猎犬吧。"毛拉满口应承下来。

几天后,毛拉牵着一条肥胖的家犬来见县官。县官一看,很不中意,问道:"你怎么牵来这样一条狗?"毛拉答道:"这不是大人亲自要的吗?"县官说:"我要的是一条健瘦的猎犬,你呢,却牵来一条肥胖的看家狗。"

"请大人放心,"毛拉说,"这条狗在贵府待不了一个星期,准能变成一条精瘦的猎犬。"

驴头似的脑袋

有个财主请毛拉吃饭,席间端上了烤全羊。这时,只听主人连声说道:"请吃羊头吧!尊贵的客人,它能滋补人的脑子,使其健康、发达。""如此说来,"毛拉风趣地说,"阁下的脑袋定会跟驴头一般大了。"

为何退出宴席

有个财主宴请毛拉。席间,毛拉抓起一口饭,正待往嘴里送,忽然发现里面有根头发丝。这时,只听主人说道:"把头发丝拣出来,然后再吃吧。"

毛拉把饭搁在地上,身子往后挪了挪。主人忙问毛拉为什么要退席。毛拉答道:"眼睛盯着客人吃饭的主人家的饭,是吃不得的。"

"无"和"没有"

毛拉当法官的时候,有两个人来打官司,其中一个说道:"他叫我帮忙,把担子放到他的肩上去,我问给什么报酬,他说给个'无',我就帮了他的忙;可现在我跟他要'无',他却不理睬我。"

"原来如此。"毛拉点点头说,"看来你是对的。好,先请你把地毯搬起来,我会给你报酬的。"等他把地毯移开之后,毛拉问道:"地毯下边有什么东西吗?""没有啊。"控告人回答。"我给你的报酬,"毛拉说,"跟他给你的报酬一样,全是'无',请你把它收下吧。"

证　　人

有个人硬说毛拉欠他一百个第纳尔,毛拉死也不认账,于是他们来到法院打官司。法官听了双方的申述之后,问控告人:"你的证人是谁?""真主。"控告人气壮如牛地回答。毛拉在一旁笑笑说:"傻瓜!证人必须是法官认识的人才行呢。"

特 效 药

毛拉去看病，号过脉之后，他问道："医生，我得的是什么病呢？""你得的是'饥饿症'。"医生说，"现在已经是中午了，咱们一块儿吃饭吧。"

饭后，毛拉和医生告别时说："谢谢您，这么快就治好了我的病。我家里还有几个人，跟我得的是同样的病，我一定打发他们也来找您。"

毛拉服毒

毛拉小时候在裁缝店当学徒。一天，老板买回一碗蜂蜜来，故意吓唬毛拉说："这碗里盛的是毒药，你可千万别动！听见了吗？""我不会吃毒药的，您放心吧！"毛拉答道。

老板因为有事，又出去了。毛拉立刻拣起一块布料，跑到对面的饭铺去，换了几张大饼回来；然后，用大饼蘸着蜂蜜，美餐了一顿。过了不一会儿，老板回来了。他发现丢了布料，便问毛拉："那块布料呢？"毛拉说："您走以后，我因为过度疲劳，不知不觉地睡着了。小偷趁机溜进店里，把那块布料偷走了。我醒来一看，布料不见了，怕您回来毒打我，就吞下那碗毒药等死。可是，不知怎么搞的，直到现在我仍然活着。"

问 得 妙

毛拉去集市买毛驴。卖驴的地方挤满了乡下来的农民。有个衣冠楚楚的人经过那里，说道："这地方真拥挤，除了农民，就是毛驴。"

毛拉听了，上前问那人道："先生，您准是位农民了？""不，我才不是农民呢。""那您又是什么呢？"

不能那样做

毛拉被狗咬伤了。人们劝告他:"要想使伤口愈合得快,就得用沾过肉汤的大饼喂那只咬伤你的狗。""要是那样做的话,"毛拉不以为然地说,"世上所有的狗都会来咬我的。"

上当受骗

有个很自负的人夸耀说:"世界上谁也欺骗不了我。"毛拉一听,不觉哈哈大笑道:"骗你还不容易,根本不费吹灰之力;只不过我没有那个闲工夫。"

"什么没有闲工夫,你是骗不了我,才这样说的。"

"那好,不信你就在这儿等着,办完急事后,我马上就回来叫你上当受骗。"

那人等了两个多小时,仍不见毛拉的影子,有些不耐烦了,嘴里嘟嘟囔囔地说:"他知道骗不了我,所以不敢回来了。"

这时,远处来了一个人,对他说道:"别在这里傻等了。已经让人家欺骗了两个钟头,你还蒙在鼓里呢。"

虚名的价值

毛拉周游四方,这天来到某地,见一人身着华贵的衣服,周围许多人簇拥着他,边走边哈哈大笑。毛拉上前问道:"此人是做什么的?"旁边的人告诉他:"说来令人笑掉大牙。他以放响屁闻名。故此发了大财。"

嘴巴发痛

在一次会议上,有个人发言啰啰唆唆,没完没了,毛拉坐在角落里直打哈欠。旁边的人捅了他一下,说道:"你也开口说两句吧。""好兄弟,"毛拉风趣地说,"你不见我老是张嘴,弄得嘴巴都发痛了吗?"

我也喜欢钱

有个爱财如命的人问毛拉:"你也喜欢金钱吗?""当然啦,"毛拉回答说,"不过,可不像守财奴和没良心的人那种爱法。"

毛拉读书

一天夜里,毛拉在灯下读书。书中说:"长胡须、小脑袋者,愚笨之人也。"毛拉掩卷沉思良久,起身到镜前,望着自己的长胡须,暗自叹道:"那我就是个蠢人了?"毛拉岂肯甘当蠢人呢?只见他从根部抓住胡须,移至灯前,打算烧掉它一半。刹那间,毛拉的胡子着火,脸面也被烧伤了。毛拉赶忙往脸上涂了些油膏,待伤痛略微好转,他便伏案写下一条眉批:"实践证明,所言极是。"

再次变驴

毛拉的毛驴死了。他好不容易凑足钱,到集市上另买了一头精壮的毛驴。毛拉给驴上好笼头,牵在手里往家走。路上,两个扒手看到毛拉漫不经心地牵着毛驴,便偷偷地把笼头卸下来,其中一个扒手将笼头套在自己的脖子上,紧跟在毛拉身后;另一个则把毛驴牵回集市,卖掉了。

毛拉来到家门口,回头一瞧,不觉大吃一惊:"天哪!我买的毛驴怎么变成了人?"他忙问:"你是什么人?""先生,不瞒您说。我因为不孝敬母亲,被诅咒变成了毛驴。她把我拉到集市上出卖,有幸被您买下。今日托先生的洪福,我才又还原成人。"扒手说完,便伏身亲吻毛拉的手和脚,再三表示感恩不尽。

毛拉说:"既然如此,你就快回家吧。可是要记住:今后再也不能不孝敬母亲。"扒手连连称是,一溜烟地跑走了。

第二天,毛拉到集市上闲逛,他在贩驴的地方一眼认出了昨天他买的那头驴。于是,他悄悄地溜过去,对着驴耳朵小声说道:"朋友,你大概没听我的话,所以又变成了毛驴。"

谁 之 过?

清晨起来,毛拉发现他的毛驴失踪了,找了半天也没找着。亲戚朋友们闻讯赶来,不分青红皂白地数落起毛拉来。这个说:"你若是把牲口棚锁好,盗贼就进不去了。"那个道:"你粗心大意惯了,难免要丢东西。"还有的说:"你睡觉太死,连盗贼溜进门都没听见。"

毛拉越听越烦,最后按捺不住,发火了:"照你们说,全都是我的错,难道贼就没有一点罪过?"

免得引起疑心

城里有个财主非常敬重毛拉,多次表示希望毛拉到他家去做客。这天毛拉有事进城,想顺便去看看他。隔着老远,毛拉就看到财主把脸贴在窗户上向外张望,不一会儿便消失了。

毛拉来到财主家敲门,仆人应声走出来。"主人在家吗?"毛拉问。"不在,刚出门。他若知道您今天光临,肯定会后悔的。"仆人回答说。"那好,等主人回家,请你转告他:以后出门的时候,不要把脑袋留在窗户旁边,免得引起来客的疑心。"

谁 心 疼

毛拉到一位吝啬的朋友家里做客，主人端出了大饼、奶油和蜂蜜。毛拉把奶油和蜂蜜抹在大饼上，津津有味地吃起来。眼看着蜂蜜就快吃光了，主人在一边说道："你这样吃蜂蜜肚子受不了，心会痛的。"毛拉把最后一点蜂蜜吃完，用手抹了抹嘴巴说："真主才知道，谁会心疼呢。"

死了还能动弹

这天毛拉在一个十分吝啬的人家里用餐，只见炖好的鸡端上来，还没等他吃，就又端下去了。这样重复了几次。毛拉风趣地说："这只鸡可真行，死了还能上来下去的！"

吃消化过了的东西

有个脑满肠肥的人来找毛拉，哭丧着脸说："我无论吃什么都不消化，这怎么办呢？"

毛拉爽快地答道："那就只好吃别人消化过了的东西了。"

墙上的钉子

毛拉出卖房屋，在和买主签订契约时，坚持要写明，屋里墙上的一根钉子归他所有，而且他怎么用都行，新房主无权过问。买主以为毛拉是个爱开玩笑的蠢人，就同意在契约里加上这样的条款。

几年过去了，毛拉从未提及钉子的事。

这天房主的儿子结婚，家里张灯结彩，大摆筵席。忽见毛拉拖着一头腐烂发臭的死驴闯进庭院，宾客们被弄得莫名其妙。房主一见大发雷霆，叫毛拉赶紧滚开。毛拉神情自若地说:"我的驴死了,今天要用一下这屋里墙上的钉子,把它挂起来剥皮。你不必大喊大叫,根据卖房契约,我完全有权力这么做。"

房主一听这话,像泄了气的皮球,自知理亏,怒恼不得,只好向毛拉赔礼道歉,并请他吃糖果点心,求他留点面子,把婚事办妥。房主说了半天好话,毛拉这才答应按原房屋的一半价钱,把那根钉子卖给了房主。

毛拉断案

毛拉代行法官职务的时候,几个债主生拉硬扯地把某人拖到法院,告状说:"这家伙欠债不还,还想赖账!"债户承认自己欠这几个人的债,但他申辩说:"我曾多次恳求他们延缓些时日,以便我把房子、果园、耕牛和羊全卖掉,凑足钱还账,可他们死也不答应。"

债主们一听这话,叫嚷起来:"他说得比唱得还好听,实际上他根本没有可以变卖的东西。""哦,是这样。既然你们知道他一贫如洗,为什么还要逼债呢?"毛拉义正辞严地说,"难道你们忘了真主是庇护穷人的吗?"

毛拉成神

有个贪财的教徒来到清真寺的尖塔下——他不知道毛拉正在上边做祈祷,放声问道:"真主呀!一千年在你看来是多长时间呢?"毛拉装作真主,回答他说:"我的奴仆,那只是一秒。"教徒又问:"真主呀!两千个第纳尔在你眼里是多少呢?"毛拉答道:"我的奴仆,那不过才一个第纳尔。"教徒恳求地说:"那就把这一个第纳尔恩赐给我吧。"毛拉说:"可以,但你要等一秒。"

毛拉许愿

毛拉的毛驴丢了,他向真主许愿说:"我若能找回毛驴,就捐助埃玛姆扎代①十个第纳尔。"几分钟之后,毛驴果然找到了。毛拉去找埃玛姆扎代,说道:"向真主许愿为您做好事,可真灵验。我现在就再次向真主许愿:今天我若能白得一百个第纳尔,那我就将原先许下的十个第纳尔和这次的十个第纳尔一并酬谢您。"

徒具虚名

毛拉遇到了困难,怎么也解决不了。一位朋友劝告他说:"你每天早晨到大清真寺去做祈祷,连续做四十天,困难管保迎刃而解。"毛拉照着朋友的话做了,可是困难依然如故,并未克服。这天毛拉改在路边的小清真寺做早祷,凑巧当天他的困难便获得了解决。于是,他来到大清真寺门前,说道:"别瞧你建筑宏伟,遐迩闻名,但本事却远不及路边简陋的小清真寺。"

两次被盗

一个炎热的夏日,毛拉在清真寺做完祈祷,懒洋洋地走到墙旮旯儿里,把鞋脱掉,枕在头下,不一会儿就睡着了。有个小偷看到毛拉的脑袋从鞋上滑下来,便乘机把他的鞋揞走了。

毛拉醒来,不见鞋了,知道是小偷干的。他灵机一动,计上心来:又把衣服脱掉,放在头下枕着,合起眼睛来假装入睡,准备诱捕小偷。可是,没过多久,毛拉鼾声大作,又睡着了。结果,衣服也被小偷偷跑了。

---

① 埃玛姆扎代:伊斯兰教教长的后裔。

手为什么发臭

毛拉把钱罐子埋藏在废墟里一个隐蔽的地方,每当他有了现钱,就放进去。然后记上账。离废墟不远,有个香料店。店老板发现毛拉经常进出废墟,便起了疑心。事过不久,店老板弄清了毛拉的秘密,把他埋藏的四十一个第纳尔全偷走了。

毛拉丢了钱,心里很懊恼,他猜准是香料店老板搞的鬼,便想出一条妙计来,准备惩治他一下。毛拉走进香料店,央求老板说:"劳驾,请你帮我算算账。""行啊。"店老板爽快地答道。

"三十六个第纳尔加上七十二个第纳尔是多少?"

"是一百零八个第纳尔。"

"再加上四十一个第纳尔呢?"

"是一百四十九个第纳尔。"

"这么说,再凑一个第纳尔,就是一百五十个第纳尔了。"毛拉道谢后,离去了。

财迷心窍的店老板把算账这件事细细琢磨了一番,认为毛拉肯定还有存钱,并准备把这些钱也放在藏在废墟的那个钱罐子里去。于是,他把偷来的那四十一个第纳尔又放回原处。第二天毛拉走进废墟,待了许久才出来。店老板见毛拉走远了,心想这回可要发财了。他急不可待地找到毛拉藏钱的那个地方,伸手便到罐子里去掏。他没有掏出钱来,却抓了满手的粪便!

毛拉看到店老板神情沮丧地从废墟走出来,便迎上前去,笑嘻嘻地说道:"店老板,你的手怎么有一股臭味呀?"

"听不懂"

有个不学无术的人,挖空心思杜撰出一套离奇古怪的问题,他逢人便问,为难对方,以炫示其知识渊博。这天他向毛拉挑战说:"我提四十个问题，你若能用一句话回答出来，我就甘拜下风，并且给你一大笔钱。""好啊，"毛拉说，"你把钱掏出来，交给保人，然后就请提问吧。"那人以为这下准能难倒号称"知识海洋"的毛拉，于是很大方地掏出钱，开始提出一连串玄之又玄、莫测高深的问题。

毛拉听完之后，微笑道："回答你的提问，仅用三个字就足够了。""你说什么？只用三个字？"那人简直不敢相信自己的耳朵。"对，这三个字就是'听不懂'。"听到毛拉的回答，那人只得认输，像泄了气的皮球，灰溜溜地走开了。

食欲不振

这天毛拉家里从远方来了一位旅客。毛拉热情地招呼客人坐下，立即铺好餐布，摆上几张大饼，转身去端菜。他端回菜时，客人已把大饼吃完了。于是，他又去拿大饼。刚拿回来，菜又没了。他再去取菜，回来一看，大饼又吃光了。就这样重复了好几次。家里的食物已经全拿出来，客人似乎还没有吃饱。这时，毛拉开口问道："请问你这次到外地旅行，是游览呢，还是要办点什么事情呢？"

"不瞒你说，"客人答道，"最近一个时期，我的食欲不振，吃不下饭，所以想到外地散散心。我看你们这个城市冷热适中，景物宜人，挺不错的。我打算在你这儿待上个把月，不知意下如何？""那可是我们的荣幸，"毛拉说，"不过这一两天我们就要迁居外省，恐怕没有招待你的这份福气了。"

过冬的准备

人们问毛拉："今年冬天会非常冷，你做好了哪些准备呢？"毛拉苦笑道："我做好了打哆嗦的准备。"

吃饭的时间

有人问毛拉:"依你看什么时间吃饭比较合适?"毛拉想了想,答道:"对富人说来,想什么时间吃就什么时间吃;而对穷人说来,则什么时候有了食物就什么时候吃。"

感谢不得

毛拉抱病在身,卧床不起。有位虔诚的穆斯林教徒来看望他,反复叮咛他要多祈祷真主,感谢真主。"朋友,"毛拉意味深长地说,"你大概忘了经书里说的话——'对感恩者,将加倍地赏赐。'我若再感谢真主,病情岂不更重了吗?"

以上三十七则元文琪译

纳斯尔丁的故事

(阿富汗)

这里选入的纳斯尔丁的故事,译自在印度出生的阿富汗作家伊德里斯·沙赫著《无与伦比的毛拉·纳斯尔丁的丰功伟绩》(1966 年)和《难于置信的毛拉·纳斯尔丁的风趣幽默》(1968 年)两书。

出使印度

一天,由于一系列的误会和巧合,纳斯尔丁突然发现自己置身在波斯国王的接见厅里。

国王沙欣沙赫的四周围绕着许多追求个人享乐的贵族,各省的长官,以及各式各样的朝臣和谋士。每个人都在极力要求能够被指派为不久即将出使印度的人使。

国王的耐心已经到了极点,他的头从这一群纠缠不休的人中间抬起来,暗暗地祈求真主的帮助,究竟选派谁去。他的眼光落到了纳斯尔丁的身上。

"这就是要派的大使,"国王宣布道,"现在都退朝吧。"

他给了纳斯尔丁许多华丽的衣料,还把一大箱的红宝石、钻石、绿宝石,以及许多无价的工艺品交付给他,这是国王沙欣沙赫送给伟大的莫卧儿大帝[1]的礼物。

当然，那些朝臣是不罢休的。由于对他们的请求所遭受的耻辱，他们团聚在一起想搞垮纳斯尔丁。他们溜进纳斯尔丁的住处，偷走了他的全部珠宝，相互私分了。又在装珠宝的箱子里装满了泥土。然后，他们来找纳斯尔丁，想拆散他的使团，使他陷入困境，并使他们对他们的主人表示不信任。"祝贺你呀，伟大的纳斯尔丁。"他们说道，"智慧的源泉，世上的孔雀，被公认为是所有才智的精髓。因此我们特向你致敬！但有两点意见我们是能够忠告你的。因为我们是熟悉外交使节的事情的。"

"你们如能告诉我，我将很感激。"纳斯尔丁说道。"那很好，"密谋者的头目说道，"第一件事，就是你必须要谦虚。为了表示出你是多么的谦虚，因此，你不应该表现出任何高傲的迹象来，当你到达印度后，你要尽可能地多去清真寺，并为你自己收募捐款。第二件事，就是你要注意观察你被派遣去的那个国家中的宫廷礼节。这就是说，你必须称莫卧儿大帝为'满月'。"

"可这不是波斯国王的称号呀？"

"也不是印度的。"

于是，纳斯尔丁就出发了。离开前波斯国王嘱咐他说："一路小心，纳斯尔丁。要遵守礼节。莫卧儿大帝是位伟大的君王，我们必须取信于他，在任何情况下都不能有意冒犯他。""我已经有所准备了，陛下。"纳斯尔丁说。

一踏上印度的国土，纳斯尔丁便走进一座清真寺，登上讲坛。"啊！朋友们，"他喊道，"我是真主的影子在人世间的代表！是地球的轴心！请大家为了我的募捐慷慨解囊吧！"在他从俾路支前往德里皇城的路上，纳斯尔丁在他所能找到的清真寺里都重复着同样的话。

他募捐了一大笔钱。顾问们都说："你用这些钱做你愿意做的事吧。因为这是直观的增长和捐赠的产物，它的使用会创造出它本身的需求。"他们所希望发生的，就是要使得纳斯尔丁为他这种"无羞耻"的募捐行为而受到

---

[1] 莫卧儿大帝：莫卧儿帝国是十六世纪初兴起于印度半岛北部的一个伊斯兰教国家，统治者为莫卧儿大帝，首都在德里。

揭露和嘲笑。"圣洁的东西一定是来自神圣！"纳斯尔丁在一个清真寺接着一个清真寺里喊叫着。"我既不记账，也不抱任何希望。对你们来说，经过寻求之后，钱就是能够贮存的东西了。你可以用它来交换物质的东西。而对我来说，它则是一个机构的一部分。我是直观增长，捐赠和支出的自然力量的代表。"

好事常常是因祸得福的，但也有相反的情形。那些原以为纳斯尔丁会把钱塞进自己腰包的人都没有捐款。由于某些原因，他们的事业并不兴旺。而那些被认为轻信了的并捐了钱的人，由于某种神奇的原因都发富了。

坐在德里王宫孔雀宝座上的大帝，研究着信使们每天送给他的关于波斯大使行程的各种报告。起初他从这些报告里看不出什么眉目来，于是他召集开内阁会议。"大臣们，"他说道，"这位纳斯尔丁一定是位圣人或者是神所引导的人。有谁听说过什么人违反一个人没有适当理由不得搜寻金钱的规定吗？或者是对一个人的动机加以错误的解释吗？""你的光辉永远不会减弱。"他们回答说，"哦，你是所有智慧的化身。我们都同意你的看法。如果在波斯，人们都像这样的话，我们就必须要小心才行。因为他们道德上的优越性，是在我们唯物观点之上，这是显而易见的。"这时，一个急使带着一封密信从波斯来了。在这封信里，莫卧儿大帝在波斯王宫里的暗探们报告说："毛拉·纳斯尔丁在波斯是个无足轻重的人物。他完全是被随便指派为大使的。我们还不了解沙欣沙赫国王没有挑选更好的人选的原因。"

莫卧儿大帝又召集了内阁会议："你们都是天堂里无比的鸟儿！"他告诉他们。"我想起一个主意。波斯国王随便选了一个人，作为他整个国家的代表。这可能是说，他非常信任他的臣民们的统一的能力，因为对他来说，任何人都能胜任驻德里大使的这一重任。我们必须要重新考虑一下我们入侵波斯的计划。因为这样的一个民族是会很容易吞食我们的军队的。他们的社会是用一种和我们不同的基础组织起来的。""陛下英明，最高的将领万岁！"印度贵族们喊道。

最后，纳斯尔丁终于到达了德里。他骑着他那头毛驴，后面跟着他的卫队，一个个都被那些他在清真寺里募捐的钱袋压弯了腰。那个珠宝箱放在象背上，正好还是它原来的大小和重量。纳斯尔丁在德里城门口受到了典礼大臣的迎接。国王和他的王公大臣们坐在接待外国使臣的雄伟的大殿里，但进口处却特意造得很低，结果使臣们总是被迫下马，步行走到国王面前，给人以一种求饶的感觉。只有和国王同等地位的人，才能骑在马上来到国王面前。

从没有一位大使是骑着毛驴来的，因此无法阻止纳斯尔丁一直穿过大门，径直骑到国王的宝座前面。

印度国王和他的大臣们对此交换着意味深长的眼色。

纳斯尔丁愉快地下了毛驴，他称呼国王为"满月"，并吩咐把他的宝石箱抬进来。当箱子打开时，里面装的土都显露了出来，这使得大家感到一阵惊讶。"我最好是什么也别说，"纳斯尔丁想，"因为没有什么话能把这件事缓和下来。"于是他保持着沉默。

莫卧儿大帝对他的宰相小声咕哝着："这是什么意思？这是对最高统治者的一种侮辱吗？"宰相想了半天，认为这是不可能的。然后他对此进行了一番解释。"陛下，这是一种象征的表示。"他小声说，"大使的意思是说，你是大地的主人。他刚才不是称你为'满月'吗？"

莫卧儿大帝松了一口气："我们对波斯国王沙欣沙赫的礼物非常满意，因为我们不需要珍宝财富，我们赞赏这种抽象的微妙的祝贺。"

"我曾被嘱咐要说，"纳斯尔丁说，他记起在波斯时密谋者们告诉他的话，"这是我们送给陛下的全部东西。""这就意味着波斯不会再多给我们一两寸土地，也就是寸土不让。"国王的翻译官对国王小声说。

"告诉你们的国王，我明白你们的意思了。"莫卧儿大帝微笑着说，"但是有这么一点要问问：如果我是'满月'的话，那你们波斯国王是什么呢？""他是'新月'。"纳斯尔丁随口说道。"满月要比新月更成熟，发出更亮的光，而新月要比满月年幼得多。"宫廷的星象学家悄声对莫卧儿大帝说。

"我们太满意了，"印度国王高兴地说，"你可以回到波斯去，告诉新月，就说满月向他致敬。"在德里宫廷中的波斯密探，立刻送给沙欣沙赫一份详细的报告。他们还添枝加叶地说，由于纳斯尔丁的出色活动，莫卧儿大帝被深深打动了，而且还不敢筹划对波斯进行战争。

当毛拉返回到国内时，沙欣沙赫国王率领全体大臣迎接他。"我的朋友纳斯尔丁，"他说，"由于你那非正统的做法，我真是高兴极了。我们的国家得救了。这就是说，用不着再去计算珠宝和从清真寺收集到的钱了。你将被授予一个特殊的称号——特使。""但是陛下，"宰相悄悄对他说，"这个人犯有最大的不忠罪呀！我们已经得到证明，他把你的一个称号给了印度的国王，这就改变了他对你的忠诚，并使你的卓越功勋声名狼藉。""不错，"沙欣沙赫国王暴跳起来，"圣人们明智地说过：'每个完美的事情中都会有不完美的事。'纳斯尔丁！为什么你要叫我新月？"

"我不懂外交礼节，"纳斯尔丁说，"但我知道满月就是将要亏缺，而新月却在不断地成长，它有着伟大光明的前程。"国王的气色一下就改变了。"把宰相安瓦尔抓起来！"他怒吼道，"纳斯尔丁！我任命你当宰相！""什么！"纳斯尔丁说，"难道在我目睹了我前任宰相的下场之后，我会接受这个位置吗？"

那些可恶的朝臣们从宝石箱里盗窃的珠宝结果如何呢？那要由另一个故事来讲了。正如无与伦比的纳斯尔丁所说："只有儿童和蠢人，才会在同一故事里寻找因果呢！"

都是，陛下

纳斯尔丁对宫廷的礼仪并不清楚，但他却属于那些苏丹访问各地时，必被召见的名士之一。

一名宫廷侍官简单扼要地向他说明，国王会向他询问：他在这里住了多少年，他当毛拉多少年了，以及他对税收制和人民精神的享受是否满意。

他背熟了自己的答话，可国王却按着另一种次序问他："你做毛拉多少年了？"

"三十五年了。"

"那么你多大了？"

"十二。"

"这不可能！我们两个到底是谁疯了？"

"都是，陛下。"

"什么？你竟然说我是疯子，像你吗？"

"当然我们是疯了。但只是方式不同罢了，陛下！"

打　　猎

国王很喜欢让纳斯尔丁·阿凡提陪伴。一天，国王派人请他同去打熊。熊可是很危险的。纳斯尔丁对此很害怕，但又无法摆脱。

当他回到村里，有人问他："这次打猎收获如何？"

"太好了。"

"你打死了多少只熊呀？"

"一只都没打死。"

"你追赶了多少只呢？"

"一只也没追。"

"你看见了多少只呢？"

"一只也没看见。"

"那么，这'太好了'又是从何谈起呢？"

"在你猎熊时，'一只没有'那是再好不过了。"

王　　宫

一天，纳斯尔丁·阿凡提戴着一顶华丽的缠头出现在王宫里。他知道国王会羡慕这顶缠头，结果呢，他就可以把这顶缠头卖给国王。

"你花多少钱买的这个缠头，毛拉？"国王问道。

"一千个金币，陛下。"

一个看出纳斯尔丁的企图的大臣低声对国王说："只有傻瓜才会出这么

多钱去买这顶缠头呢。"

国王说："为什么你会出这么一大笔钱呢？我还从未听说过一项值一千个金币的缠头。"

"啊，陛下，我买它是因为我知道全世界只有一个国王会买这东西。"

国王命令给纳斯尔丁两千个金币，自己带着这顶缠头，沉醉于赞美和恭维中。"你能够知道这顶缠头的价值，"纳斯尔丁后来对那位大臣说，"但我却知道国王的弱点。"

供给与需求

国王沙欣沙赫陛下突然光临了纳斯尔丁经营的茶馆。他要了一份煎鸡蛋。"我们还要继续打猎去，"国王告诉纳斯尔丁，"那么我该付给你多少钱呢？"

"您和您的五位随从，陛下，一共要付一千个金币。"国王皱了皱眉头："这儿的鸡蛋一定非常昂贵。它们真是这样奇缺吗？""并不是这儿的鸡蛋如此奇缺，陛下，而是国王的光临太稀有了。"

昔日的价值

国王派纳斯尔丁·阿凡提去考查东方神学教师的各种才识。他们都给他讲述神奇的传说和他们学校中的那些早已死去的创始人和伟大的教师。

当纳斯尔丁回来后，他呈交了他的报告，上面只有一个词："胡萝卜。"他被叫去对此进行解释。纳斯尔丁告诉国王："最好的部分是被埋着，除了农夫以外，几乎很少有人能从那绿叶上知道地下面的是橙黄色的。如果你不为它付出劳动，它就会坏掉，许多笨蛋都和它打过交道。"

在人生的途中

当鞑靼人征服西亚细亚时,纳斯尔丁·阿凡提正在清真寺里讲道。可是他却不是帖木儿[①]的支持者。帖木儿听说纳斯尔丁反对他,便装扮成托钵僧的样子混进清真寺。

"真主将惩罚鞑靼人。"纳斯尔丁在结束他的讲道时这样说。

"真主不会同意你的祈祷。"这个托钵僧向前走过来说道。

"为什么不会呢?"纳斯尔丁问。"因为你将要为你已做了的和没有做的事情而受到惩罚。这就是事物的因果关系。对于那些正做着本身就是一种惩罚的事情的人,怎么会受到惩罚呢?"纳斯尔丁感到不安起来,因为托钵僧的话并非在开玩笑。

"你是什么人?叫什么名字?"他提高了声音问道。"我是个托钵僧,我的名字叫帖木儿。"一些教徒这时也站了起来,手里都握着弓箭。原来他们都是伪装了的鞑靼人。纳斯尔丁扫了他们一眼。

"你的名字碰巧是以'兰'(跛脚)结尾的吧?"

"不错。"托钵僧说。

纳斯尔丁转向吓得发呆的教徒们:"弟兄们,我们已经做过了一次集体的祈祷。现在,我们要开始举行一次集体的葬礼祈祷了。"跛脚的帖木儿被逗乐了。于是他遣散了军队,请纳斯尔丁到他的宫里去。

醒着还是睡着

一天,纳斯尔丁发现离他家不远的地方,修筑了一条宽阔崭新的大道"国王大道"。"我倒要去查看一番,"他想。他沿着这条大道走了好长一段时

---

① 帖木儿(1336—1405)是中亚细亚帖木儿帝国的创建者,跛脚。从十四世纪八十年代起曾入侵西亚各地和波斯,印度等国。他的名字又叫帖木儿兰,意为"跛脚的铁木儿"。

间,走得发困就睡着了。当他醒来时,他发现他的缠头被什么人偷走了。

第二天,他又沿着大道出发了,希望能找到点小偷的线索。他在炎热的太阳下走了好几里路,又停下来睡了一会儿。他被一阵马蹄声和马具的叮当声吵醒了。一群人马走近了,原来是国王卫队的许多士兵正押送着一个罪犯。出于好奇,他拦住他们,问他们要干什么去。

"我们要带这个人去砍掉他的头,"队长说,"因为他是安排在这条大道上的一个卫士,但我们发现他睡着了。"

"这对我来说已经足够了,"纳斯尔丁说道,"你们赶路去吧。无论谁在这条道上睡着了,不是丢了他的缠头,就是丢了他的头。"

突然,纳斯尔丁觉得他的妻子在晃他。"醒醒吧。"她说。"那样一来就全完了!"纳斯尔丁呻吟着。"你说的'醒醒',正是我所称的'睡着了'。"

鱼救过我的命

纳斯尔丁·阿凡提在印度时,路过一所奇怪的房子,门口有一位隐士坐在那儿。他显然有一种超脱和稳重的气派。于是,纳斯尔丁·阿凡提想和他接触一下。"可以肯定,"他想道,"一个像我这样虔诚的哲学家,必定有些和这个圣洁的人相同的地方。"

"我是一个信奉瑜伽教理的人[①],"隐士回答说,"我要献身去为一切活着的生物,特别是为鸟和鱼服务。""请允许我也加入吧,"纳斯尔丁说道,"因为这是我所期望的。我们之间有许多共同之处。你的情操强烈地吸引着我,因为曾经有一条鱼救过我的命。"

"真是太好了!"瑜伽论者说道,"我非常高兴接受您加入我们的教派。因为在我多年来一直献身于为了动物的事业中,我还从未有幸像您那样和他们结成莫逆之交呢!救过您的命!这就足够证实我们的教义了,即所有动物王国都是相互连结的。"于是,纳斯尔丁和这位隐士一起坐了几个星期,看

---

① 瑜伽是古代印度的一个教派,重调息、静坐等修行的方法。

着自己的肚脐，学着各种奇怪的体操。最后，这个瑜伽论者问纳斯尔丁："既然我们现在都很熟了，如果你觉得可能的话，就请您告诉我您对那条救生鱼的最初感受好吗？我将不胜感激。"

"虽然我听到了你的许多论点，但我却不知道该不该告诉你。"纳斯尔丁说。但这个瑜伽论者眼里含满泪水不断恳求着，他叫纳斯尔丁·阿凡提为"大师"，并在他前面以额头触地。"那么好吧，既然你坚持要听的话，"纳斯尔丁说道，"可是我不知道，你是否对我要泄露的秘密有所准备。那条鱼确实救了我的命。当我抓住它时，我正处于饥饿的生命线上，它为我提供了三天的食物。"

在国境线上

纳斯尔丁带着一篮子鸡蛋过境，边境那边国家的鸡蛋商们极力要维护他们的权利，就向国王提出了请求。国王便下令说，一个鸡蛋也不许进口。值勤的海关人员很容易就认出了纳斯尔丁，把他带到哨所开始检查。

"说谎是要被处死的，你知道吗？你的篮子里是什么东西？"

"最小的鸡。"

"那这是属于家畜类的，我们检查完后，会允许它们通过的。"军官说着把它们锁在一个柜子里，"不用担心，我们会喂它们的，这是我们的职责。"

"这都是些特殊的鸡呀。"纳斯尔丁说。

"怎么回事？"

"你听说过关于动物在他们的主人的照料被剥夺后，就会提前憔悴衰老的说法吗？"

"听说过。"

"这些鸡就是那种敏感的，有特殊喂养习惯的鸡。因此，一旦它们被单独放在那待一会儿，就会变得远比它们现在更年轻了。"

"会有多年轻呢？"

"它们甚至可以再变成鸡蛋。"

试过一次

纳斯尔丁·阿凡提潜伏在一家小酒店附近，口袋里一分钱也没有。对虔诚的信徒来说，是禁止饮酒的。

苏丹的斟酒官①小心翼翼地抱着一个大肚酒坛走了出来。他们的目光一下碰上了。

"尊敬的斟酒官，"纳斯尔丁开始说，"给我……"

"给你什么，毛拉？"如果说酒吧，那就等于是直接承认他喝酒了。

"给我，给我一个忠告吧。"

"好吧，快回去读书去吧。"

纳斯尔丁一半是对他，一半是对自己咕哝着："唉，不行呀，这可不行。"

"为什么不行呢？"

"噢……我已经试过一次了。"

鱼被捉住了

国王派了一个私人察访团，到城乡各地去寻找一个可以被任命为法官的谦虚的人。纳斯尔丁听到了这个风声。

当私访团扮成旅游者来拜访他时，他们发现纳斯尔丁把一个渔网罩在他的双肩上。

"哦，"其中一个人问道，"请告诉我，你为什么穿着那个渔网呢？"

"仅仅是为了提醒我记住我那低微的出身，因为我曾经是个渔夫。"

纳斯尔丁因这种高尚的情操被指命为法官。

一天，一个初次见到他的官员在访问他的法官时问道："你的渔网怎么

---

① 斟酒官：替国王苏丹斟酒的官员。

样了,纳斯尔丁?""当然再不需要什么渔网了,"毛拉法官回答说,"总算有一次,鱼被捉住了。"

幸福并不在你要找它的地方

纳斯尔丁看见一个人郁郁不乐地坐在路边,便问他哪儿不舒服。"生活没有乐趣呀,老弟。"这个人说。"我已有足够的钱,可以不用做工了。我这次旅行,就是想寻找一些比在家里的生活更为有乐趣的东西。可到目前为止,我还没有找到它。"纳斯尔丁一句话没说,抓过这个旅客的背包,像兔子一样沿着大路跑开了。由于他对这里的路很熟悉,很快就把那个人远远地甩在后面。

路是曲线形的,纳斯尔丁绕了几个圈,结果很快又转到那个人的前面。他把抢来的那个背包放在路边,便躲在隐蔽的地方等着那个人赶上来。这时,那可怜的游客沿着弯曲的道路出现了。由于丢了东西,心里比任何时候都更不愉快。但当他看到他的东西放在路旁时,他冲上前去,高兴地叫喊起来。"这也是制造幸福的一种方法。"纳斯尔丁说。

如果真主保佑

纳斯尔丁·阿凡提攒了一笔钱要去买件新衬衫。他兴冲冲地走进一家裁缝店。裁缝给他量了量尺寸说:"过一周来吧。如果真主保佑,你的衬衫就会做好了。"纳斯尔丁克制了自己一个星期,然后又来到裁缝店。"要拖延一下了,不过,如果真主保佑的话,你的衬衫明天就能做好。"

第二天,纳斯尔丁又来了。"真对不起呀,"裁缝说,"还没有做好呢。明天吧,如果真主保佑,明天也许就会做好了。"

"这件衬衫到底要做多长时间呀!"纳斯尔丁恼怒地问道,"你是不是能让真主不要管它去呢?"

千万别打扰骆驼

纳斯尔丁在一处坟地里走着。他绊了一跤,掉进了一座古墓。正当他开始想象,如果他死了的话将会有什么感觉时,他听见了一种声音。他头脑里立刻闪过一个念头,最后审判的天使向他走过来了。其实这不过是一群骆驼队经过那儿罢了。

纳斯尔丁跳了起来,落在一堵墙上,惊跑了几匹骆驼。赶骆驼的人用棍子狠狠地打了他一顿。他狼狈不堪地回到家。他的妻子问他这是怎么回事,为什么这么晚才回来。"我已经死过了。"纳斯尔丁说。这使她大为惊奇,于是她就问他:"那会像什么样子。""如果你不去打扰骆驼的话,还不太坏。否则,他们就要打你了。"

推理的实例

"你去哪儿呀,毛拉?"

"骑毛驴进城去。"

"那你最好留下你的毛驴,因为路上有强盗,而且也可能有人会把它偷去的。"

纳斯尔丁考虑骑着毛驴去,要比把它留在家里的马棚里还要安全些,因为在家里同样有可能被偷。于是,他的朋友便借给他一把剑作防身之用。

在一段僻静的路上,他看见一个人朝他走过来。"这一定是个歹徒,"纳斯尔丁自语道,"我要先发制人。"当他们走到相互能够听见的地方时,纳斯尔丁的大喊声使这无辜的游客吓了一跳:"这是一把剑,把它给你吧。现在,让我保住我的毛驴吧。"游客同意了,拿起这把剑,为他的好运气高兴。

当纳斯尔丁回到家后,便告诉他的朋友说:"你简直太对了,你知道,剑可真是个非常有用的东西。你的剑为我保住了我的毛驴。"

生活的步伐

"为什么我们不能再行动得快点呢?"一天,纳斯尔丁的雇主这样问他,"每次我让你做点什么事,你总是一件一件地做。难道买三个鸡蛋真的需要去三次市场吗?"

纳斯尔丁答应改进。

他的主人生病了。"纳斯尔丁,去请个医生来。"

纳斯尔丁出去了,一会儿便领着一大群人回来。"哦,主人,医生来了。而且我也把其他人一起请来了。"

"其他的人是些什么人呀?"

"也许需要配制一贴敷剂,我把配剂师,他的助手和提供配料的人都带来了,万一我们需要很多贴敷剂呢。煤炭商也来了,为的是要算一算我们将需要用多少煤来烧配制敷剂的热水。此外,还有殡仪馆的人也来了,万一你要是病故了呢。"

榜　　样

一天,纳斯尔丁坐在茶馆里,他被一个旅游学者的口才所吸引。回答了一个同伴对各方面提出的问题之后,这位学者从他的口袋里抽出一本书放在桌上说:"这就是我的证明。是我写的这本书!"

一个不仅能读而且会写的人可真是少见。更何况是一个写了一本书的人呢!村民们怀着极大的敬意来款待这位学者。

几天后,纳斯尔丁·阿凡提来到茶馆里,问是否有人愿意买一座房子。"告诉我们这是怎么回事,毛拉,"人们问道,"我们从来不知道你自己还有一所房子呢?""事实胜过空话!"纳斯尔丁喊道。他从口袋里掏出一块砖头,用力地抛在他面前的桌子上:"这就是我的证明。检查一下它的质量吧。是我自己建的这所房子。"

恐惧没有宠儿

一位太太带着她的小儿子来到纳斯尔丁·阿凡提的学校。"先生,这是个很不规矩的孩子,"她解释说,"我希望您能吓吓他。"纳斯尔丁·阿凡提装出一副紧张的样子,眼睛里闪着亮光,脸部抽动着。他跳上跳下,突然跑到房子外面去。这位太太一下晕了过去。当她醒过来后,看纳斯尔丁缓慢而沉重地走了回来。

"我让你吓唬的是这个孩子,不是我。"

"亲爱的夫人,"纳斯尔丁说,"你没有看到,连我自己也是这么害怕吗?一旦恐惧来临,它就会恫吓住所有的人。"

盐可不是羊毛

一天,纳斯尔丁·阿凡提牵着一头毛驴运盐到市场上去。当他赶着小毛驴过河时,盐全都化掉了。纳斯尔丁因为损失了一担盐非常生气。可是小毛驴却因为减轻了负重而在欢蹦乱跳。

第二天,纳斯尔丁再次走这条路时,他带了一担羊毛。小毛驴渡过河后,羊毛全都湿透了,变得很沉、很沉。小毛驴在这湿透了的重担下摇摇晃晃地走着。

"啊!"纳斯尔丁喊道,"你以为每次从河里渡过都会一身轻松吗?"

纳斯尔丁和聪明人

哲学家、逻辑学家和法律学家们都被召集到宫廷里来审查纳斯尔丁。这可是一件很严重的事,因为纳斯尔丁从这个村子到那个村子到处说:"那些所谓聪明的人,不过是些无知的、毫无决断的糊涂虫罢了。"因此他被指控犯了损害国家安全罪。

"你可以先讲。"国王说。

"拿纸和笔来。"纳斯尔丁说。

纸和笔送了上来。

"分给第一批的七个学者。"

纸和笔都分发下去。

"面包是什么？他们要分别写出这个问题的答案来。"

每个人都开始写。

纸都交到国王手里，他开始宣读这些答案。第一个说："面包是一种食品。"第二个说："面包是面粉和水。"第三个说："面包是上帝的赏赐。"第四个说："面包是烘烤了的生面。"第五个说："面包是可变的，要根据你所理解的'面包'而定。"第六个说："面包是有营养的物质。"第七个说："面包没有人能真正知道它到底是什么？"

"他们断定面包是什么东西，"纳斯尔丁说道，"也就可能看出他们断定其他事情是什么样子。比如说，究竟我是对呢，还是错呢？他们连自己每天要吃的东西都看法不一。从这点来说，那么一致认为我是个异端论者的判断，是不是有些奇怪呢？"

魔　　袋

一个叫卖商正准备在集市上摆上他的货摊，猛然看见纳斯尔丁数着满满一把银币向他走过来。叫卖商满怀着他可以赚一把的侥幸心理，立刻叫住了他。

"你看上去倒像是个有见识的人，"他说道，"你不想要个草料袋吗？"

"它能有什么用呢？"

"请看看吧，看看吧。"

魔术师把手伸进口袋，先从里面掏出了一只兔子，然后是一个球，最后是长在花盆里的一棵小植物。纳斯尔丁可不会这么快就把钱给他。

"只有一件事，"魔术师说道，他想争取时间来继续完成他的计划，"就是不要打扰它。这些袋子都是性情多变的。不要对此有更多其他的要求。一切愿望最终总会如愿以偿的。"

纳斯尔丁原打算在镇子上的茶馆里度过中午的时光，可是现在他却兴奋地拿着口袋径直回家了。天越来越热，纳斯尔丁又渴又累，他在路边坐下："神袋呀，"他说道，"给我一碗水。"他把手伸进口袋，但里面却是空的。"噢，"纳斯尔丁说道，"也许它只能给兔子、球和植物。因为它是性情多变的。"他想，来试一试也不会有什么坏处。

"那么好吧，就给我一只兔子吧。"

没有兔子出来。

"别为此烦恼了，我不过是不了解这个魔袋罢了。"这时，他的毛驴搞起乱来，他立刻意识到，是因为他给它买了一个草料袋。于是，他又回到城里，为他的新草料袋买了头毛驴。

"你要两头毛驴干什么呀？"有人对他喊道。"你不知道啊，"纳斯尔丁说，"这不是两头毛驴呀。这是一头毛驴和它的草料袋，而这则是一个草料袋和它的毛驴！"

走　　私

纳斯尔丁多次骑着小毛驴从波斯到希腊去。每　次他都带着两个草篮子去，但回来时就什么也没有了。每次，警卫兵对他进行搜查，想找出点什么禁运品来，可从来什么也没有发现过。

"纳斯尔丁，你都带了些什么呀？"

"我是个走私犯。"

几年后，看样子纳斯尔丁是愈来愈富了，他搬到了埃及。一个海关人员在那儿碰见了他。"告诉我，纳斯尔丁，现在你已经不在希腊和波斯的管辖范围内，而且这样奢侈地住在这儿。那么，在我们过去什么也没能抓住你的时候，你到底偷运的是什么呢？""毛驴呗！"

错误的统一

纳斯尔丁和他所待的那座修道院院长发生了口角。有一天,修道院里一袋麦子不见了,院长命令所有修道士们都在院里站成一排。然后,他对他们说,那个偷麦子的人的胡须上会粘有麦子。

"这是老把戏了。想让犯罪的人去碰他的胡子。"真正的犯人想,所以他一动也不动。"院长要对我进行报复了,"纳斯尔丁琢磨着,"他一定是在我的胡子上弄了些麦粒,我最好悄悄地把它捋掉。"他用手抓了抓胡子,发现所有的人都用眼睛盯着他。"我知道你们早晚会发现我的。"纳斯尔丁说道。

长　　袍

一天,纳斯尔丁的一个朋友加拉尔来看他。纳斯尔丁说道:"我真高兴在这么长的时间之后又看到了你。说真的,我正打算出去拜访几个朋友呢。跟我一起去吧,我们可以好好地聊聊了。""借我一件像样的长袍吧,"加拉尔说,"因为正如你所看见的一样,我没有一件访友时穿的衣服。"纳斯尔丁借给了他一件非常考究的长袍。

到了第一家,纳斯尔丁对他的朋友说:"这是我的老朋友加拉尔,但他穿的长袍却是我的!"在他们去另一个村子的路上,加拉尔说道:"这样说话可真是蠢呀!'这长袍是我的',这话的确不怎么样!再也别这样说了。"纳斯尔丁答应了。

当他们刚在第二家舒舒服服地坐下时,纳斯尔丁说道:"这是加拉尔,我的一个老朋友,他来看我。但是这件长袍嘛,这长袍是他的!"在他们离开后,加拉尔像上次一样生气:"为什么你要那样说呢?你发疯了吗?""我不过是想把它改过来,现在我们都不要再争吵了。""如果你不介意的话,"加拉尔缓慢而又小心地说道,"我们不要再提长袍的事了。"纳斯尔丁表示同意。

在第三家，也就是他们访问的最后一家。纳斯尔丁说道："让我来介绍一下我的朋友加拉尔。至于那件长袍，就是他正穿着的那件长袍……但我们不能说任何关于长袍子的话，是吗？"

蠢　货

一个哲学家约好要和纳斯尔丁进行一次辩论，可是当他去拜访时，纳斯尔丁却不在家。这使他大为恼火，于是他拿起一支粉笔，在纳斯尔丁的屋门上写下"蠢货"二字。纳斯尔丁一到家就看见了这两个字。他立刻赶到哲学家那儿。"我把你要来拜访的事忘了。"他说，"我对自己没有在家恭候表示歉意！不过，当我一看到你把自己的名字留在我的门上时，我就立刻想起了这次约会。"

以上二十六则戈梁译

阿布·纳瓦斯的故事

(阿拉伯)

阿布·纳瓦斯，亦译作艾布·努瓦斯、艾彼·诺瓦斯等。原名哈桑·本·哈尼（约762—约814），阿拉伯阿拔斯王朝诗人，擅长抒情诗和讽刺诗。他生于波斯阿瓦士，在巴士拉长大，随后去库法深造；三十多岁时辗转到了巴格达，受到哈里发的器重，成为宫廷诗人。他思想大胆，性格狂放，曾写过讽刺诗和滑稽剧嘲弄权贵，讥笑群小。最后终于招来杀身之祸，在巴格达遇害身亡。有关他的笑话、趣闻、故事，在阿拉伯以及其他一些信奉伊斯兰教的国家广为流传。在《一千零一夜》中，还记载了不少有关他和哈里发哈伦·拉希德（亦译作哈仑乌尔拉希德、何鲁纳·拉施德）的趣事，如《艾彼·诺瓦斯和哈里发何鲁纳·拉施德的故事》《何鲁纳·拉施德和艾彼·诺瓦斯同少女、娈童的故事》。本书选入的故事，译自 N. St. 伊斯干达尔编《阿布·纳瓦斯的故事》（印度尼西亚国家图书出版局1928年出版）一书。

阿布·纳瓦斯和埃及商人

有个埃及商人，带了大批货物来到巴格达。他租了一间房子住下后，就开始出售商品，并且很快就跟周围居民交上了朋友。不久，他把带来的货物都卖完了，本想马上回国，但一时找不到船，只好留下来跟周围居民悠闲自在地消磨时光。

一天晚上，他做了一个梦，梦到自己娶了新上任的法官的女儿做妻子，为此，他付出了一笔巨大的彩礼。第二天醒来之后，他想：我应该把这件事告诉我的知心朋友。当天，他就找了几个知心好友，把夜里的梦一五一十地跟他们说了。

埃及商人做梦的消息很快就传到法官那里。法官来到埃及商人家里问道："你果真做梦跟我的女儿结了婚，并且付出了那么多彩礼吗？"埃及商人回答说："是的，正如法官先生所说的那样。"法官接着又说："那么，你现在就该交出那份彩礼！"埃及商人说："我并没有真正跟你的女儿结婚，那只是做梦，我为什么要拿出那么大笔的彩礼呢？"法官不由分说，强行没收了埃及商人的所有财产，并且蛮横无理地说："你的这些财产还不够付我女儿的彩礼费呢！"说完，就把埃及商人从他的住处赶走，只给他留下身上穿的那套衣裳。

埃及商人被迫流浪街头，靠行乞度日。他虽然到处鸣冤诉屈，但是没有一个人能够帮他的忙，他被搞得都快疯了。一天，他走到一位老大娘家里讨饭，老大娘问他："喂，年轻人！你是从哪儿来的？"埃及商人回答说："我是从埃及带了大批货物到巴格达来做买卖的。但不幸遭到天大的冤枉，所有的财产都被这里的法官给没收了。"老大娘说："你最好去找阿布·纳瓦斯，请他帮助你申冤。不过，还是由我带你去找他好，我能帮你跟他说一说。"埃及商人说："大娘，还是请你自己先去找一下阿布·纳瓦斯为好，因为那样你就可以在我见到他之前把我的一切情况告诉他了。"

老大娘同意了商人的办法，便独个儿到阿布·纳瓦斯家里去了。当时，阿布·纳瓦斯正坐在那里教学生念书。老大娘就把埃及商人的不幸遭遇，详细告诉了他。然后，老大娘又赶回家去，把埃及商人找来见阿布·纳瓦斯。埃及商人对阿布·纳瓦斯说："我是从埃及带了货物到巴格达来的，本想做头卖赚钱，哪里知道，竟遭到了这么大的冤屈，法官大人夺走了我的全部财产。"他把自己的不幸遭遇，从头到尾详细地说了一遍。阿布·纳瓦斯说："喂，年轻人！你已经把你的不幸跟我说了，你能不能把你刚才对我说过的那些话在哈仑乌尔拉希德国王面前重说一遍？"埃及商人说："我当然可以原原本本重说一遍。"阿布·纳瓦斯又问："你现在住在什么地方？如果我需要叫你时，应该让人到哪里找你？"埃及商人回答说："你就到这位卖咖啡的老大娘家里找我吧。我现在就住在她家里，靠她老人家施舍过日子。"他说完后就跟着老大娘回家去了。

阿布·纳瓦斯随即转过身对学生们说："孩子们，你们现在都把书收拾好回家。到家后每人准备一件锄头、铁铲、斧子、筐子和石头之类的工具。晚上各人带上工具赶来我这里集合！"学生们听完老师的吩咐，一哄而散，各自回家去了。但每个人心里都感到纳闷：阿布·纳瓦斯老师今晚要我们干的事真怪！

当天晚上，学生们带着各种工具按时赶到阿布·纳瓦斯家里。只听得阿布·纳瓦斯发号施令说："喂，孩子们！今晚你们全体都到新上任的法官家里，把他的房子给我砸烂。如果有人问你们，你们就说是我要你们把法官的房子砸烂的。如果有人胆敢出来阻挠并向你们投掷石头，你们就以石还石，把那人狠狠地揍一顿！"阿布·纳瓦斯的话音刚落，学生们便发一声喊，向法官的住宅冲去，立即动手砸起房子来。法官从睡梦中惊醒，爬起来责问学生："谁指使你们来砸我的房子？""我们的阿布·纳瓦斯老师叫我们这样干的！"这时，有一些居民赶来，想阻拦学生砸房。但是，他们无法靠近现场，因为，阿布·纳瓦斯的学生实在太多了。

第二天，天大亮后，法官急急忙忙赶到王宫向国王告状。他说阿布·纳瓦斯指使学生无端砸毁了他的房子。这一天，国王法庭上人山人海，挤得水泄不通。国王派宫廷侍从去传阿布·纳瓦斯。阿布·纳瓦斯又叫人把埃及商人找来，他们便一齐进宫朝见哈仑乌尔拉希德国王。国王一见阿布·纳瓦斯便问道："你干吗要指使人去砸法官的住宅？"

阿布·纳瓦斯回答说："国王陛下！我之所以叫人砸法官的住宅，是因为我有一天晚上做了一个梦，梦见法官跑来找我，要我把他的房子砸烂。因此我就照着他的意思做了。"国王进一步追问道:"喂,阿布·纳瓦斯!梦中所说的事,就可以照着去办吗?你根据的是哪一条法律?"阿布·纳瓦斯回答说:"陛下,臣遵循的恰恰就是这位法官执行的法律!"法官听到阿布·纳瓦斯的答复,立即把头低下来,一声也不敢吭。国王又问阿布·纳瓦斯说:"喂,阿布·纳瓦斯,你怎么会说出这样的话?快把实际原因说给我听!"阿布·纳瓦斯说:"我王陛下,让我把原因细细说来。有一个埃及商人到我国来经商,带来了大批的货物和财产。一天晚上,他做了一个梦,梦到自己交了一笔彩礼便跟法官的女儿结了婚。后来,这个消息传到法官的耳朵里,法官就跑来找埃及商人,硬要他交出那一大笔彩礼。埃及商人不干,结果法官就强行没收了他的全部财产,只给他留下身上穿的一套衣裳。"

法官听阿布·纳瓦斯说出了真相,更是无话可说。国王又说:"那位埃及商人现在在哪里?""他就在这里,陛下。""你让他马上来见我!"于是埃及商人就来到哈仑乌尔拉希德国王面前,顶礼膜拜。国王问:"喂,埃及商人!你把到我国以后的情况说给我听。"埃及商人再次行了礼,然后把经过情况又从头到尾详细说了一遍。国王听完埃及商人的叙述,真是火冒三丈,他对法官的劣行感到十分愤慨。他当场宣布撤了法官的职,没收法官的全部财产拨给埃及商人,并且还要严厉惩罚法官。

这个案件宣判结束之后,埃及商人非常感谢阿布·纳瓦斯,他表示要重重报答阿布·纳瓦斯的救命大恩。但阿布·纳瓦斯当场谢绝说:"你不用报恩,你也不要送我任何东西,我一样也不会收你的。"后来,埃及商人又在巴格达待了一段时间。航行季节到来时,他就平安幸福地回国去了。

把国王给卖了

阿布·纳瓦斯的经济发生了拮据,他无钱开销了。他本想向国王开口要一些钱来应急,但又觉得难为情不好张口。而原先国王每天都会派人给他送一些生活费来的,但今天不知怎么搞的,偏偏没有叫人把钱送来。

阿布·纳瓦斯心里暗想:我现在该怎么办呢?突然他想出了一条妙计:

把哈仑乌尔拉希德国王卖掉！于是，阿布·纳瓦斯便进宫朝见国王。国王一见面就问道："你这一段时间到哪儿去了？"阿布·纳瓦斯回答说："我在巴格达的内地游了三趟，想看一看贝都因人是怎样种植小麦等作物的。有一次，我实在走不动了，就在一棵大树底下坐下来歇息。突然听到一阵悠扬动听的乐声，我赶紧站起来，朝着传来乐声的方向走去。那音乐声实在太美了，简直是仙乐，我边走边听而且还赞叹不已。最后，我终于找到了演奏仙乐的人家，还亲眼见到了那位演奏家。所以，我有好长一段时日没能进宫来朝见陛下。"

哈仑乌尔拉希德国王听了阿布·纳瓦斯的这番叙述，心里感到痒痒的，也很想去看个究竟，欣赏一下天堂的音乐。于是国王对阿布·纳瓦斯说："喂，阿布·纳瓦斯，你就带我到那里去玩一玩，也让我欣赏一下那个动听的音乐吧！"阿布·纳瓦斯恭恭敬敬地回答说："好吧，陛下！明天，我就带你到那里去。"

"喂，阿布·纳瓦斯，你要带我去的那个地方离这里有多远？"

"大约走两个小时的路程，就可以到达目的地了。"

"哦，阿布·纳瓦斯，这么说来，我得带上一部分大臣和黎民百姓同我一道走，因为路途太远了，而且还要穿山越岭。"

"哎哟！我进宫向陛下禀报上述情况的目的，是因为我亲自聆听过那个仙乐，而您则没有。我的心意是想请你跟我一道分享听仙乐的快乐，而不是想让其他人也跟着去听！"

哈仑乌尔拉希德听了阿布·纳瓦斯的解释，也就拿定了主意。

"好吧，我就跟你去吧！"

第二天，哈仑乌尔拉希德国王便跟阿布·纳瓦斯一道徒步向巴格达的内地进发。而国王是在天刚蒙蒙亮时离开王宫的，所以整个宫里谁也没发现国王走了。阿布·纳瓦斯把国王带到通往贝都因人种植小麦、玉米、香蕉和芋头的路上去。国王走了一段路就问道："喂，阿布·纳瓦斯！那个地方离这里还远吗？"阿布·纳瓦斯回答说："不远了，现在可以看到那棵大树了。"阿布·纳瓦斯和哈仑乌尔拉希德国王继续朝大树的方向走去。他们走到大树底下时，阿布·纳瓦斯对国王说："国王陛下，请你在这棵大树底下坐着歇一会儿，我到前头去看一看那座奏仙乐的房子离这里还有多远。""好吧。"

阿布·纳瓦斯走到正在种麦子的贝都因人跟前对他说："喂，老乡，你想不想买我的伙伴？是男的，长得又胖又好。"贝都因人问："你的伙伴在哪里？你带我去看一看！"阿布·纳瓦斯说："喂，贝都因人！我跟我那位伙伴的感情特别深，如果我带你去看他，只要我一见到他的面容，我就舍不得把他卖给你了。""那么，他现在在什么地方？""你跟我来，我好指给你看！"于是贝都因人就跟着阿布·纳瓦斯，一直走到靠近国王坐着的那个地方。阿布·纳瓦斯指着树底下坐着的国王给贝都因人看，他端详一阵之后便问道："你要卖多少钱？"阿布·纳瓦斯说："我过去买来时花了一百个金币；现在也按这个价钱卖给你。"贝都因人说："好吧，我买下了，这是一百个金币。"

阿布·纳瓦斯接过一百个金币之后，贝都因人又对他说："喂，巴格达国王的大臣！你既然把自己的伙伴卖给了我，你应该写一张收条给我啊！"于是，阿布·纳瓦斯写了一张收条交给了贝都因人。收条是这样写的："阿布·纳瓦斯把哈仑乌尔拉希德国王卖给贝都因人，价值一百个金币。此据。"阿布·纳瓦斯卖掉国王之后，就沿着走来的路回家去了。

阿布·纳瓦斯一走，贝都因人就走到哈仑乌尔拉希德跟前对他说："你跟我走，到我家去！"国王听了这话，大吃一惊，但只好跟着贝都因人走了。而贝都因人压根儿就不知道他是国王。一到家里，贝都因人就叫国王进屋。国王在屋里坐下，天快黑时，他们给他送来一木盘米饭，外加一些牛油和小鱼干。直到这时，国王才意识到自己的处境不妙。他心里想：我是一国之主，是巴格达国的国王，才给我吃这么一点点东西？他马上向受赞誉的崇高的真主祈祷，祈求真主赐福。接着他舀了一勺饭送进口里，因为，这就是真主给他的恩赐。吃过饭之后，他又继续想：阿布·纳瓦斯现在到哪里去了？人们为什么要这样来对待我？

巴格达的王宫里因为发现国王失踪了，正乱作一团。但全国百姓却还不知道这个情况。

第二天天亮之后，贝都因人拿了一把砍刀塞到哈仑乌尔拉希德国王手里，要他去劈木柴。国王无奈，只好拿着砍刀到院子里劈起木柴来，但他手脚十分笨拙，而且用刀的方式也与众不同。贝都因人心里犯疑，这是什么地方的人？于是便问道："你怎么用刀背来劈柴呢？"国王说："我根本就干不了这些活儿，因为我没干过。"过了一阵子，国王又问道："阿布·纳瓦斯到哪儿去了？"贝都因人回答说："阿布·纳瓦斯回家去了，他已经把你卖给我了，收了我一百个金币。他还给我写了一张收条。"贝都因人一边说着就掏出了那张收条递给国王看。国王看了收条之后，气得一句话也说不出来。停了一会儿。他才对贝都因人说："我是哈仑乌尔拉希德苏丹，统治巴格达国家的国王！"

贝都因人听了国王的话，连忙拜倒在国王脚下，禀奏说："天哪！国王陛下！我完全不知道你是国王，请饶恕我的死罪。"贝都因人请罪讨饶之后，国王又说道："喂，贝都因人，你是不是把我送回宫里！"贝都因人再次行礼说："遵命！"于是，贝都因人取出了大块的布，做成吊床，请国王坐在吊床里头。他又找来了好几个同伴，一人抓住吊床的一角，把国王抬回宫里。

国王回到王宫之后，赏给贝都因人一百个金币，同时还再三嘱咐他："我的这个秘密，即使是对我的宰相和大臣们也不能透露，就是他们向你打听，你也不能说！"国王自己也只字不提他的巴格达内地之行，真是守口如瓶。

不久，国王便派人去捉拿阿布·纳瓦斯。国王对他们说："你们一定要找到阿布·纳瓦斯，不论他在什么地方，一见到就给我抓起来，抓到之后，马上带到我这里来！"国王派出的人员，四处寻找阿布·纳瓦斯，但谁也没有见到他。这些人跑去问他的妻子："阿布·纳瓦斯到哪里去了？"阿布·纳瓦斯的妻子回答说："我丈夫已三天三夜没有回过家了。"

那些人又继续到全国各个村镇，各条街巷去找阿布·纳瓦斯，但连续找了七天，连个影子也没看到，他们只好回宫向国王禀报："陛下，我们哪里都找遍了，就是找不到阿布·纳瓦斯！"其实，阿布·纳瓦斯当天就回到了家里。他一到家就对妻子说："我对国王犯了大罪！""你犯了什么大罪？"妻子问。"那天，咱们家缺钱用，我想找国王要，又觉得难为情。我就想了个主意，把国王带到巴格达内地贝都因人聚集的村子里，把他卖给了贝都因人。现在国王正派人四处抓我，准备把我处死。"

阿布·纳瓦斯跟妻子谈过话之后，心里一直在盘算：我该用什么办法来解脱这次冒犯王上的灾难呢？看来还得再骗一次国王才是上策。阿布·纳瓦斯决定装死。他告诉妻子说："如果哈仑乌尔拉希德国王听到我死的消息，肯定会到我们家里来，其他人也会陪同国王到这里来。你一见国王快到时，就要放声大哭，装出十分悲痛的样子，然后你就跪倒在国王的脚下。如果国王问你：'阿布·纳瓦斯到底生的什么病？'你就回答说：'什么病也没有。昨晚，他二更半夜进到屋里来就躺下睡了。今天天快亮时，我去叫他起来做晨拜，推了两三次，都不见动静，反而感到他的身体僵硬了，听一听心脏，已经不跳了。我急得痛哭起来。'你看到人们抬起我的尸体时，就要赶紧抱住国王的腿，对国王说：'哎哟国王陛下！如果你能够开恩，在大庭广众之前宣布，饶恕阿布·纳瓦斯的一切罪过，从今世直到来世！'好了，你说说，你愿意不愿意按我说的那样去做？如果你愿意，我明天就可以变一下迷人的魔法。""好吧，亲爱的！"不久，阿布·纳瓦斯突然死亡的噩耗迅速传开了。有人进宫朝见国王时，向国王禀报了阿布·纳瓦斯已经离开了人世的消息。

国王听到这个突如其来的消息，就立即赶到了阿布·纳瓦斯的家里。他问阿布·纳瓦斯的妻子："阿布·纳瓦斯究竟得的什么病？我没有听说他生过病！"阿布·纳瓦斯的妻子就按丈夫原先教的那一套来应答。国王听了之后，立即叫侍从去请名医高手检查阿布·纳瓦斯的身体，看看究竟患了什么病。医生很快就赶来了，并向哈仑乌尔拉希德行礼问安。国王问："医生，阿布·纳瓦斯到底生的什么病？"医生回答说："陛下，阿布·纳瓦斯死了。"

国王一听阿布·纳瓦斯真死了，就伤心地失声痛哭起来，医生们也陪着王上痛哭流涕，君臣哭得十分伤心。国王边哭边诉说："我的阿布·纳瓦斯啊，你犯了什么样的罪恶逼得你去寻短见呢？不论你对我犯下了多大的罪，我都可以饶恕你！"国王停了一下又接着说："阿布·纳瓦斯啊，以后还有谁来插科打诨，跟我开玩笑逗乐，解除我心中的愁闷呢？"国王边哭边诉，边诉边哭，说了许许多多的话，其他人也跟着哭泣。阿布·纳瓦斯的生前友好齐集一堂，都来吊唁阿布·纳瓦斯的不幸去世。他们开始给阿布·纳瓦斯洗尸，洗完之后又用白布裹上，装进无底棺材。

当人们准备把尸体抬走时，阿布·纳瓦斯的妻子急急忙忙向在场的人请求道："请等一等，亡夫生前有个遗愿，要我在他死后转达国王陛下！"于是人们就把她的话转告哈仑乌尔拉希德国王。国王听了立即赶来问阿布·纳瓦斯的妻子："阿布·纳瓦斯生前对我有什么愿望和要求？你就对我直说好了！"阿布·纳瓦斯的妻子哭哭啼啼地拜跪在国王脚下，转达丈夫的遗愿。于是国王便面向众人说道："不论是什么人，对我犯了什么罪，当他请求我的宽恕时，我就饶恕他的一切罪过，包括在今世或者是来世犯下的罪过。"国王说完之后，便叫侍从把所有的人召集到他跟前来。国王扶着阿布·纳瓦斯的无底棺郑重说道："在这个非常不幸的日子里，你们诸位都给我作证，我宽恕了阿布·纳瓦斯对我犯下的一切罪过。他的一切罪过就此一笔勾销。"

躺在无底棺里的阿布·纳瓦斯听到国王说的这些话，突然尖声叫喊起来。这一声喊，把扶着无底棺的国王给吓坏了，他拔腿就跑，跌跌撞撞地跑回宫里。清真寺的讲经者和阿訇们以及礼拜的召唤人等，也无不丧魂落魄，连爬带滚地四散奔逃。其他来参加吊唁的人群更是慌乱不堪，纷纷逃命，他们心里想的是：魔鬼从坟墓里爬出来抓人了！于是阿布·纳瓦斯从无底棺里爬出来，把裹在身上的白布解下来，换上日常穿用的衣裳。然后就要妻子给他弄饭吃。吃过饭以后，他就径直走到哈仑乌尔拉希德的王宫里朝见国王。

当时，国王正好待在宫里。阿布·纳瓦斯向国王施礼请安，但国王没有答礼，而是不高兴地说道："嗨，阿布·纳瓦斯！你刚才搞的什么名堂？惊吓了那么多人和官员们！吓得他们连滚带爬地四散逃命，有的碰破了脸，有的摔坏了腿，有的胳膊受伤，有的头破血流，这些都是你干的好事招来的。"

阿布·纳瓦斯低头不语。国王又说："你要把你那一套法术教给我！"阿布·纳瓦斯恭敬地回答说："我王陛下！我的这套法术是不能传授给任何人的，否则，我就会立即死去。因为这是伟大的圣人在给我传授上述法术时再三嘱咐过的。"哈仑乌尔拉希德国王听阿布·纳瓦斯这么说，马上就宣布："喂，阿布·纳瓦斯，从今以后，你别再到我的宫廷里来了，连王宫前面也不准你走过！"

阿布·纳瓦斯听了国王宣布那样的决定，便立即告辞回家了。

能说会道的六头牛

埃及商人的事件发生之后不久，哈仑乌尔拉希德国王便派人叫阿布·纳瓦斯进宫朝见。国王想，阿布·纳瓦斯太机智了，我要再试一下他的聪明才智。阿布·纳瓦斯进宫后，恭敬地向国王行礼。国王对他说："喂，阿布·纳瓦斯，你给我找六头能说会道并且长着胡子的牛。七天之后，你把它们牵到这里来见我！到时如果办不到，我就要叫人把你宰了！"阿布·纳瓦斯禀奏说："遵命，陛下，我坚决照办就是了。"到会的人心中暗想："这回，阿布·纳瓦斯必然要死在哈仑乌尔拉希德国王手里。"

阿布·纳瓦斯向国王告辞之后，便回到家里。他坐下来反复考虑国王的意图究竟是什么？他一整天都关在家里没有出门。周围的人看到阿布·纳瓦斯的上述情况，都感到十分怪。哈仑乌尔拉希德国王规定的七天的限期快满时，阿布·纳瓦斯才走出家门，朝人群聚集的场所走去。路上，他遇到了许多也要赶到闹市去的人，他把那些人叫住，问道："喂，你们这些去闹市的人！今天是什么日子？"凡是说对了的，阿布·纳瓦斯就放他过去，说错了的，就把他扣留下来。被扣留者所做的回答，真是五花八门，但没有一个是答对了的。阿布·纳瓦斯对那些人说："你们答的真是牛头不对马嘴，你说这一天，他说那一天；这里就没有什么'这'天和'那'天，只有明天才能见分晓。明天我们夫见哈仑乌尔拉希德国王时，就会知道什么是正确的答案。"

第二天，哈仑乌尔拉希德国王的议事厅里，早已聚满了人，他们想看一看阿布·纳瓦斯怎样向国王交代。只见阿布·纳瓦斯带着六个长着胡子的人走进会场。阿布·纳瓦斯走到国王跟前行过礼后在议事厅里就座。

哈仑乌尔拉希德国王问阿布·纳瓦斯道："喂，阿布·纳瓦斯！我要你找的能说会道长胡子的牛在哪里？"阿布·纳瓦斯指着他带来的那六个人禀奏说："就在这里。国王陛下。"国王又问："嗨，阿布·纳瓦斯，你指给我看的是什么呀？"阿布·纳瓦斯说："哦，我王陛下，请你问一问他们今天是什么日子，就知道了。"国王便逐个问了那六个人，但每个人的回答都不一样。

阿布·纳瓦斯插话说："如果他们是人，他们应该能回答出日子的准确名称来。何况，如果再问他们有关其他日子的名称，那就更是对牛弹琴，莫名其妙了！请问像这样连日子都说不来，到底是人类还是畜生？毫无疑问，这就是陛下所要找的能说会道的长着胡子的牛！"

哈仑乌尔拉希德国王看到阿布·纳瓦斯这样善于摆脱困境，大为惊讶。于是便叫人赏一套服装和五千个金币给阿布·纳瓦斯。到会的人看到这样的结局，更是啧啧称奇，满心欢喜地告辞回家。阿布·纳瓦斯也跟着回家去了。

产前阵痛

自从国王禁止阿布·纳瓦斯进宫之后，大概有七个月的时间，他没有再到王宫里朝见国王了。因而王宫的接见厅里显得死气沉沉，国王心里总是闷闷不乐。国王心想，不知阿布·纳瓦斯又在我身上打什么主意了？

有一天，国王派侍从去请阿布·纳瓦斯。侍从到了阿布·纳瓦斯家里，只见阿布·纳瓦斯正坐在那里。侍从便对阿布·纳瓦斯说："阁下！哈仑乌尔拉希德国王请你进宫。"阿布·纳瓦斯听后回答说："请你转告国王陛下，说我现在正感到产前阵痛，快要生小孩了。可就是生不下来，正等着接生婆来催产呢！"侍从听了赶忙返回宫里向国王禀报："陛下，阿布·纳瓦斯正感到产前阵痛，他快要生小孩了，现在就等着接生婆来催产，而接生婆又迟迟未到。"

哈仑乌尔拉希德国王听了这话，非常惊讶。他喃喃自语地说："天下竟有这等怪事，我今生还是第一次听说男人会生小孩。在古代，在我们的祖先那个时代，也没听说过有男人会生小孩的……"

国王很想去亲眼见识见识这件怪事。于是，国王便在众人的陪同下，到阿布·纳瓦斯家里去了。

　　阿布·纳瓦斯看到国王一行人来了，赶快跑上去迎接，拜倒在国王脚下并激动地说："国王陛下，真是荣幸，你竟然屈尊光临了我这个贫穷卑贱的人家。"国王径直走进阿布·纳瓦斯屋里。阿布·纳瓦斯请国王坐上位，他自己坐在下位，恭敬地向国王施礼禀奏说："陛下，你一向是坐在王室的宝座上，从来没有到过臣子的住处，今天屈尊到我的茅舍有何指教？"

　　哈仑乌尔拉希德国王说："刚才我叫侍从来传你进宫，他回来告诉我说，你要生小孩，正等着接生婆来催产，生下小孩之后，你就会到宫里来见我。我从来没听说过有男人会生小孩的，所以我就亲自来了解一下。

　　阿布·纳瓦斯听了满脸堆着微笑。国王接着说："你给我解释一下你说的那些话的实际含义！究竟是谁要生小孩，谁是接生婆？"阿布·纳瓦斯听了国王的话之后，恭敬地回答说："陛下！我所说的怀孕的含义是：一个拥有广阔疆域的国王，有一天，他把手下一个了不起的人物从王宫的议事厅里赶走了。时间过了四五个月，不知什么缘故，国王又叫人把那位了不起的人物请到王宫里来。国王陛下，偷情是男女双方合搞的，但是一旦女的怀孕了，众人都害怕起来。这就是我们的习尚。同样的，如果一国之主，亲口下了命令，就不应该轻易收回，收回命令就等于把吐在地上的口水又舔了回去。这是懦夫的表现。因此，在采取任何措施或决定之前，应该经过一番深思熟虑。只有三思而后行，才能做到万无一失。这就叫作男子要生小孩。臣所说的接生婆，就是指的陛下的光临。陛下既已光临寒舍，那就说明臣的小孩经过催产已呱呱坠地了。换句话说，阵痛已经消失，臣对国王的畏惧之情也就会全部消失。"

　　国王对阿布·纳瓦斯说："喂，阿布·纳瓦斯！当我对你说，你别再到我宫里来的时候，我并不是真心要你那样做的，我只是跟你说着玩的。你明天就到我宫里去吧，我想跟你玩耍开心。尽管我手下有不少大臣，但没有一个能像你那样逗。你有那么长的时间不到我宫里来，使我的接见厅也为之暗淡失色。"阿布·纳瓦斯毕恭毕敬地回答说："王上的圣旨臣子坚决照办就是了。"

国王对阿布·纳瓦斯的所作所为感到奇怪而有趣，待了一会儿也就回宫去了。

缝 石 臼

哈仑乌尔拉希德国王在搜索枯肠想点子找机会击败阿布·纳瓦斯，好给他以惩罚。看来国王对阿布·纳瓦斯五次三番地给他羞辱还是耿耿于怀的。

一天，国王发现自己的一块石臼裂成两半了。国王想：我该用这件事来难一难阿布·纳瓦斯。阿布·纳瓦斯被叫来后，国王对他说："喂，阿布·纳瓦斯！我叫你来是因为我的石臼破成两块，现在你不得推辞，一定要把裂开两半的石臼给我缝起来；如果你缝不了，我就要处死你。"阿布·纳瓦斯回答说："陛下的圣旨我坚决服从，而且尽力去办。但要求陛下给我宽限到明天早上。"

国王说："好吧。"于是阿布·纳瓦斯便告辞回家了。到家之后，阿布·纳瓦斯四处寻找和国王的石臼材料相同的小石子，捡了一小筐。第二天清早，他就带上这筐石子进宫朝见国王。国王对他说："喂，阿布·纳瓦斯，你带什么东西到这里来了？"

阿布·纳瓦斯恭敬地回答说："我请求陛下宽恕。我想请陛下帮忙把这些石子搓成线，好用这些石线把陛下的石臼缝起来。我是不会搓石线的。假如真主允许的话，石线搓成了，陛下的石臼也就可以缝好。但是，万一搓不成，我只能听王上处置了。"国王说："有谁能够把这些小石子搓成石线呢？"阿布·纳瓦斯说："石臼不能用一般的线来缝，而只能用石线来缝。"

哈仑乌尔拉希德国王听了阿布·纳瓦斯说的这些话，张口结舌无言对答。国王心想：看来，阿布·纳瓦斯的确是不同寻常，聪明而又足智多谋。

教国王的黄牛诵经

一天，哈仑乌尔拉希德国王对一个侍从大声呼喊说："喂，我的奴仆，你快去阿布·纳瓦斯那里，叫他今天就进宫来见我！"于是国王的侍从立即赶到阿布·纳瓦斯家中，传达国王的旨意。他说："喂，阿布·纳瓦斯！国王请你立即进宫朝见。"不久，阿布·纳瓦斯到宫里朝见国王了。

国王说："阿布·纳瓦斯，我叫你来是想请你帮个忙，教·教我的黄牛诵经。如果你教不会黄牛诵经，我当然会叫人把你处死。"阿布·纳瓦斯回奏说："好吧，陛下，我坚决按照你的旨意去办就是了。"接着，阿布·纳瓦斯便向国王告辞，牵着黄牛回家去了。一到家里，他就把黄牛牢牢地拴在屋后的枣树杆上。

阿布·纳瓦斯每天拿着一根藤鞭走到枣树底下，使劲往死里鞭打那头黄牛。尽管黄牛被打得牛性大发，而且都快打疯了，但他还是不停手。阿布·纳瓦斯边打边吆喝说："或者，或者，或者。"每天他从早晨到上午十一点，又从下午一点到傍晚五点都教黄牛这几个词，而且边打边教。由于阿布·纳瓦斯整天都忙得不可开交，因此，也就没时间进宫朝见国王。

时间一晃就过了半个月。国王派人去了解阿布·纳瓦斯的工作情况，看他是否教会了黄牛诵经。

国王的侍从一走进阿布·纳瓦斯的家，就听到他一边喊着"或者，或者，或者"，一边鞭打黄牛。黄牛已被折磨得死去活来。侍从看完之后就回宫禀报王上说："请陛下恕罪。我看到阿布·纳瓦斯在教黄牛诵经。他把黄牛牢牢地拴在屋子后面的枣树杆上，然后用一根粗大的藤鞭死命地抽打它，口里不停地念叨三个词：'或者，或者，或者。'"国王听了侍从的禀报，感到十分奇怪，于是又吩咐侍从说："你现在就去把阿布·纳瓦斯叫来。"

不久，阿布·纳瓦斯就赶到宫里来了，他跪拜在国王跟前。国王问："喂，阿布·纳瓦斯，我的黄牛你教得怎样了，它会不会诵经？"阿布·纳瓦斯回答说："学会了一些，陛下。"国王说："我叫人去看过了，他说你只教我的黄牛三个词：'或者，或者，或者。'你这是什么意思？我想知道。"

阿布·纳瓦斯回答说："请陛下恕罪！我教黄牛'或者，或者，或者'的意思是：或者是黄牛被揍死，或者是我被处死，或者是王上自己死了；要是没有一个死的，我就不得安宁！因为黄牛至死也还是不会诵经的。所以我就使劲往死里打它，打死了，我心里才痛快，这个苦差事才能结束。或者是我被处死，或者是陛下自己死去。总而言之，这三者之中要有一个死去，否则，黄牛的案件就无法了结。"

国王听了无话可说，阿布·纳瓦斯向国王告辞，准备回家。国王说："那好吧，黄牛就送给你吧，你或者把它卖掉，或者宰了烤牛肉串吃……"
"非常感谢，陛下！"阿布·纳瓦斯匍匐在地，头直叩到地面。

接着，阿布·纳瓦斯便欢欢喜喜地回家去了。

鞭答化为金币

阿布·纳瓦斯第二天就进宫去了。他跟国王说说笑笑，彼此谈得十分欢洽。国王心里暗想："阿布·纳瓦斯的母亲早已去世，我现在要再试一试他的聪明才智。我要他把母亲带到王宫里来，他如能办到，我就赏他一百个金币。"于是哈仑乌尔拉希德便对阿布·纳瓦斯说道："阿布·纳瓦斯！你明天把你母亲带到宫里来见我，我就赏你一百个金币！"阿布·纳瓦斯当时心中一怔。国王明明知道我的母亲早已去世了，现在为什么偏要我把她带进宫来？阿布·纳瓦斯寻思了一阵说："好吧，陛下！明天一大早我就把我的母亲带到宫里来！"

阿布·纳瓦斯说完。辞别国王回到家里。他赶紧吃饱喝足，又走出家门。他跑遍大街小巷，想寻找一位老大娘认作养母，好带她进宫朝见国王。不久，阿布·纳瓦斯遇上了一位在路边摆熟食摊的老大娘，她正忙着烧煮食物。阿布·纳瓦斯走到老大娘左侧对她说道："大娘，今天我认你做娘，好吗？"老大娘惊奇地问道："干吗跟我说这样的话？你得把原因说清楚！"

阿布·纳瓦斯接着说："哎哟，我的娘！我已答应王上明天带我母亲去见他。国王对我说：'如果你真能把你母亲带到王宫里来，我就送给她一百个金币。'正是为此，我才特地到这里来找您的。因为我看到您为了挣钱谋生，自己每天辛苦劳累地做糕点去卖。如果您愿意认我作儿子，而我又愿意认您作娘，这样，不论我得到任何一样东西，我都要和你对分。国王答应赏给我的金币，我也要分给你一半，一人五十个金币。这笔钱您可以好好储存起来。"

老大娘听了阿布·纳瓦斯的这番解释，便频频点头说："好啊！"于是，阿布·纳瓦斯就拿出一串念珠交给老大娘说："我们进到宫里以后，不论王上问什么，您都不要出声答应，您就拿着这串念珠不停地数着就行了。""好吧，我儿。"

阿布·纳瓦斯临走时又再一次叮嘱大娘说："我的娘，您明天一定要来找我，我好背着您到哈仑乌尔拉希德的王宫里去。""好吧，我儿。但愿真主能赐福给我儿。""首先要赐福给大娘……"

第二天，天刚蒙蒙亮，阿布·纳瓦斯就出发，背着老大娘进宫朝见国王。到了宫里，他向国王行礼问安，国王也答礼。

国王发现阿布·纳瓦斯果然背着老妇人来了，大吃一惊，赶忙问道："喂，阿布·纳瓦斯，这就是你的母亲吗？为什么太阳升得老高了才到宫里来？"阿布·纳瓦斯回答说："因为她的住处离这儿较远，所以来迟了。这就是我的亲娘，她年纪太老了，脚也走不动了，我只好背着她来朝见陛下。"阿布·纳瓦斯把老大娘放下来坐好之后，老大娘就开始数起念珠来了。她的手指不停地捏着念珠数着，国王对她说话，她也不搭理。

国王立即朝阿布·纳瓦斯说道："你的母亲太不懂规矩了，我跟她说话她连理都不理我，而且老是在那里数着念珠，她到底数什么呀？"阿布·纳瓦斯走上前回答说："啊，陛下，我的母亲有九十九个丈夫，她想再找一个丈夫，以便凑够一百这个整数。所以，她就不停地在数着，而且不能停下来，她一停下来，就会忘记那个差数了。"阿布·纳瓦斯说完又退回原位。

却说，老大娘不听尤可，一听阿布·纳瓦斯那么一说，气得把手中的念珠也扔掉了，连忙上前，拜倒在国王脚下禀奏说："陛下！我自年轻直到老迈，就嫁过一个丈夫。现在国王手下的大臣在我身上耍阴谋搞诡计，他骗我进宫朝见国王。他说：'不论王上问你什么话，你都不要回答。这样王上就会赏你一百个金币，这笔钱我们就对半分。'阿布·纳瓦斯就是这样跟我约定的。"

哈仑乌尔拉希德国王听了老大娘的话禁不住哈哈大笑起来。他一边与老大娘说话，一边叫人把阿布·纳瓦斯拉下去鞭笞一百下。当来人要去拉阿布·纳瓦斯时，阿布·纳瓦斯对来人大声说道："你得先把我带到国王面前！"来人只好把阿布·纳瓦斯拉到国王面前。阿布·纳瓦斯禀奏说："哎哟，王上，您给我的是什么样的惩罚哟？"国王回答说："你答应我要把你亲娘带来见我，我也曾答应要给你一百个金币。现在你不能带你母亲来见我，所以就要罚你一百下鞭笞。"

"陛下，我跟这位老大娘曾有约定：如果我们得到国王赏赐的一百个金币，我们就一分为二，一人得五十个金币。现在一个人挨鞭笞，而错误是两个人一起犯的，照理，两个人都要挨鞭笞才是。我愿意接受王上的惩罚，但我也要跟这位老大娘分享王上的恩赐，每人各挨五十鞭。"

哈仑乌尔拉希德国王听了阿布·纳瓦斯的话，心中暗想：别说让这位老大娘挨五十鞭，就是挨一鞭也就说不出话来了。于是国王宣布给老大娘五十个金币。他对老大娘说："以后阿布·纳瓦斯再来找你时，你千万不能听信他那骗人的鬼话！"老大娘愉快地朝阿布·纳瓦斯眨了一下眼。

阿布·纳瓦斯又向国王禀奏说："陛下！我是罪该万死，请陛下恕罪。但是，假如只有我母亲一人得到王上的恩赐，而她的儿子却什么也没有，那是太不公平了。""哼，好吧，你也领走你那一份吧。"国王边笑边说着。

国王的大臣会下蛋

有一天，哈仑乌尔拉希德国王传令召十个大臣进宫。大臣们来齐之后，国王对他们说："王宫前面有个水池，我想在那里试一试阿布·纳瓦斯的聪明才智。因为他非常机灵，无论给他出什么难题或设下什么圈套，不仅难不倒他，而且总是让他摆脱金钩溜之大吉。现在我给你们每人一个鸡蛋，以后我会叫你们下到池子里，潜入水中。等到你们浮出水面爬到岸上来的时候，每人要带一个鸡蛋来见我！"

国王向大臣们吩咐完毕之后，立即叫人把阿布·纳瓦斯找来。阿布·纳瓦斯来了，国王就对他及其他十个大臣一齐下达命令说："你们明天都要下到池子里去，潜入水底，上来时，每人得带一个鸡蛋来见我。谁拿不出鸡蛋就要受罚。"阿布·纳瓦斯注视着其他大臣的面容，没有发现他们脸部有什么异常的表情。他也就默不作声，寻思着：钻到水底去找蛋？难道母鸡还会躲进水底下蛋！说话间，天色也暗下来了，大臣及阿布·纳瓦斯也各自散归。

第二天清早，他们又都赶到王宫前，纷纷跳进池里，钻到水底。大臣们上来时，一个个手中都拿着一个鸡蛋，并把鸡蛋交给国王。唯独阿布·纳瓦斯没上来，他还在池子里四处寻找，但仍然找不到鸡蛋。他又到池子的石墙缝里去抠，也还是抠不出鸡蛋来。他正边找边想时，突然听到有人说："这是我找到的蛋！"他这才恍然大悟：看来是王上有意设下圈套来整我！我得想办法摆脱这个困境。于是他也从池子里爬上岸来，走到国王跟前学着公鸡下蹲拍翅喔喔啼叫。

国王问："喂，阿布·纳瓦斯，我们有言在先，你们从水池里出来时，都得带一个鸡蛋给我。现在，他们都交了，就剩下你了。你若交不出来，我就要惩罚你！"阿布·纳瓦斯回答说："哎，国王陛下！带着鸡蛋上来的那些都是母鸡，刚才献给王上的就是他们下的蛋。而我是只公鸡，护送小鸡是其职责，而且还要负责啼鸣。所谓蛋者，不外是母鸡和公鸡共同生下来的，没有公鸡，母鸡怎么能下蛋？"

国王听了阿布·纳瓦斯这番雄辩，无言可答。

阿布·纳瓦斯险些被杀

有一天，阿布·纳瓦斯去走村串巷。他走过一村又一村，在近黄昏时，取道贝都因人的村庄准备往家转。突然遇到一伙人正烧火熬麦片肉粥①。那些人看到阿布·纳瓦斯,便一拥而上进行围捕。

阿布·纳瓦斯问贝都因人:"你们抓我要如何处置?"

贝都因人说:"年轻人,我们这里的习惯是,不论什么人,只要走过我们的村庄,就可以把他逮起来,然后像羊一样宰掉,再把他的肉和着麦片,熬成粥。这就是我们的职业,也是我们这里的日常食物。"阿布·纳瓦斯听贝都因人一说,就立即哀求道:"我的个子很小,又瘦得皮包骨,杀了我也割不下多少肉。我明天给你们带来一个肥胖的大汉,他身上的肉是成团成块的,你们杀他一个吃五天也吃不完。你不如把我放了,我好去请那个大汉到这里来!"

贝都因人答应了他的请求:"好吧,你明天就把那个大汉带到这里来吧!"阿布·纳瓦斯说:"明天黄昏时分,我可以把那个大汉带到这里来。"双方约定之后,熬麦片肉粥的人就把阿布·纳瓦斯放了。

阿布·纳瓦斯回到家里,脑子里反复思索一个问题:哈仑乌尔拉希德国王整天待在王宫里,闭目塞听,而且也不派人深入到各地去查看,以致完全不了解下情,甚至出现了把人当羊宰这样严重的犯法行为,竟然毫无所知。这对于一个统治着整个国家的国王来说,岂非咄咄怪事!我还是把哈仑乌尔拉希德国王带到贝都因人居住的村庄去,让他亲眼看一看那些卖麦片肉粥的人的所作所为吧!

阿布·纳瓦斯主意已定,就进宫朝见国王,他向国王施礼禀奏说:"陛下,如果您想亲眼看一看人们玩得有多痛快,我可以带您到一个去处,那里有许多人在欣赏那种玩意儿。"

"他们在什么时候玩那种玩意儿,你告诉我,阿布·纳瓦斯!"

"黄昏左右,陛下。"

"好吧。"

---

① 麦片肉粥:是用麦片拌肉加其他调料熬成的粥,这是阿拉伯人在回历正月十日吃的一种传统食物。

"国王出游时，请不要穿王服，而要穿托钵僧的服装，而且只能由我一个人陪同到那个地方去。"

"行啊！"

阿布·纳瓦斯说完就告辞回家了。到了第二天下午，他又进宫朝见国王。国王便跟阿布·纳瓦斯微服出游了。不久，他们就走到卖麦片肉粥的那些人家。国王问道："那些人家为什么那样喧闹？"阿布·纳瓦斯回答说："哦，陛下，我也不清楚，让我进去看一看他们为什么那样闹哄哄的，请陛下就在这里等我一下。"

于是，阿布·纳瓦斯便走进原来想宰他的那家人家，对他们说："我昨天跟你约定要带一个胖子给你，现在人在外头，你们就把他收下吧。"阿布·纳瓦斯说完就走出来，后面跟着那个卖麦片肉粥的。阿布·纳瓦斯径直走向哈仑乌尔拉希德国王。国王问他："里面闹哄哄的是干什么的？"阿布·纳瓦斯禀报说："这家人家是卖麦片肉粥的。因为买粥的人太多了，所以热闹得很，声响也特别大。"

君臣正在对话时，卖麦片肉粥的人就走到了跟前。他二话没说，就把哈仑乌尔拉希德国王抓了起来，阿布·纳瓦斯也乘机溜走了。他心想：要是国王是个有计谋的人，他就会设法脱险；要是国王是个傻瓜蛋，那就会被坏人杀掉。

贝都因人把国王拉到屠宰场，准备切断他的喉管。国王看了大吃一惊，说道："我身上的肉并不多，你熬成粥后也卖不了多少钱。你最好还是把我留下来，我可以给你做无沿儿帽。我每天能做两顶无沿儿帽，你拿到市场上去卖，收入要比你卖麦片肉粥多得多。你一锅粥能卖多少钱？""一元钱！"卖粥的人回答说。"一元钱？才卖一元钱！如果你把我宰了，你当然也只能得到一元钱。但是，如果你让我去做无沿儿帽，你每天至少可以得到两元钱，足够你和妻儿过一辈子了。"那人听国王这样一划算，也就决定不杀他了。

王宫里的大小官员们乱成一团，纷纷派人四处寻找失踪的国王，但谁也没遇上国王。就这样国王被监禁在贝都因人家里已经有好长一段时间了，他每天都要给贝都因人做无沿儿帽。后来，国王特意做了一项最精致的无沿儿帽，帽底的花纹上绣上了国王给一个大臣的信。信的内容是："喂，我的大臣，这顶帽子不论他要多少钱，你都要买下来。然后，在当天晚上，带上四五百名士兵，到卖麦片肉粥人所在的村庄来，因为我被囚禁在他家。"国王把这顶无沿儿帽交给卖麦片肉粥的人说："喂，卖粥的，这顶无沿儿帽你得卖给拉克沙玛纳大臣。因为我现在做的这顶帽子是专给大臣们戴的，价值十元钱。他看了肯定要买的。"

卖粥人听了满心欢喜，连忙找到拉克沙玛纳大臣家里。拉克沙玛纳大臣一眼就看上了那顶帽子，问他要卖多少钱？卖粥人开口就要十元钱，一分钱也不能少。大臣一听那么高的价，反而认真把帽子翻来覆去细看起来。帽子的确做得十分精致。突然间，大臣发现帽底花纹间写了字。他仔细地读起来，完全明白了它要表达的意思。于是，大臣就按来人要的价钱把帽子买了下来。卖粥人以高价卖掉帽子之后，欢天喜地地回家去了。

当天夜晚，这位大臣召集了四周的老百姓，带上武器，徒步赶到卖粥人所在的村庄。一到达目的地，众人发一声喊，便向卖粥人的家冲去，从屋里救出了国王，带回宫里。他们还奉国王的命令把全村的人都杀了，因为他们的所作所为实在令人发指。

第二天，国王又命令大臣逮捕阿布·纳瓦斯，并把他带到接见厅里来，准备给他判刑，因为他使国王蒙受了耻辱。大臣遵旨来到阿布·纳瓦斯家里。当时，阿布·纳瓦斯正在作晌拜。晌拜结束后，他就当场被捕，并被带回宫里去见国王。

国王一看阿布·纳瓦斯来了，顿时暴跳如雷，两眼气得通红，咬牙切齿地斥责道："喂，阿布·纳瓦斯，你对我犯下了不可饶恕的罪行，我要把你处死！"阿布·纳瓦斯恭敬地禀奏说："陛下，在您判处我死刑之前，我请求您让我说几句话。""好吧，你说吧！但是我要提醒你，要是你再说错了，我就马上把你处死。"

阿布·纳瓦斯上前施礼说："陛下！首先蒙受其害的是我。因为贝都因人先是要宰杀我，我才告诉他们：'我太瘦了，瘦得皮包骨，没有什么肉。

过会儿我给你们找个胖子,你们就可以宰来熬麦片肉粥了。'这样我就把王上带到那里去了。当时我想,一个公正的国王,是应该了解他治理下的黎民百姓的各种情况和所作所为的。因为在百姓中出现的一切坏事,说到底也还是要由国王负责的。但是,假如我直接向国王禀报说国王治理下的黎民百姓中有那么一些坏人,可能国王不会相信;如果让国王亲身经历一番,自己去耳闻目睹,自然就会惩罚那些坏人了。因此,我把国王带到那里去,让国王亲眼看一看,好从不了解民情的错误中解脱出来。以此为戒,以后每隔四五天就应该亲自到底下走一走,看一看,以便了解下情。陛下,我当时想的就是这些,如果我又说错了,就请王上治罪吧。"

经阿布·纳瓦斯这样一说,国王的怒气全消了。国王想:阿布·纳瓦斯说得对。于是便当众宣布说:"好,我现在饶恕你对我犯下的一切罪行,但是,从今以后,你不得再对我重犯类似的罪过!"

阿布·纳瓦斯拜谢了国王就告辞回家了。

穷人和冷水池

巴格达城内有个商人,他有个浴池,池水冰凉冰凉,没有一个人能坚持在他的浴池中泡到半夜。

一天,商人公开扬言:"有谁能在我的浴池里泡上一整夜,我就赏他十元钱。"很多人都曾经下到浴池里去试过,但没有一个人能坚持泡一整夜,最多也只能泡三分之一夜就受不了啦。

一次,有个穷苦人来找商人,商人对他说:"喂,讨饭的,你要不要下到我的浴池里泡一个晚上?如果你能受得住,我就给你十元钱的报酬。"穷人回答说:"好吧,就让我试一试吧。"说着就把手和脚浸到水里。池水的确非常凉,但后来他却说:"受得了。"商人说:"好啊,那你今天晚上就来泡吧。"穷人说:"好吧,我现在先回家告诉我的妻子和儿女。"他说着就告辞了。

他一到家就对妻子说:"喂,我的贤妻,我想到商人的冷水池里泡一个晚上,好拿他十元钱的报酬,你同意吗?如果你同意,我就去试一试,或许还能受得住。"妻子说:"好吧,但愿真主能使他的仆人身体健壮。"于是穷人又去找商人。商人对他说:"你今晚八点钟下浴池直泡到明天早上六点。如果你能顶住,我就付给你应得的报酬。"后来穷人果然下到浴池里泡了。泡到三更半夜时,他冻得受不住了,很想爬到岸上去;但是一想到那十元钱,他又咬紧牙根经受冰冻的折磨。他向真主祈祷着,祈求真主让池水不要那么冰凉。晚上两点钟的时候,穷人的儿子来看他父亲是活着还是已经冻死。当他发现父亲还活着的时候,心中真有说不出的高兴,便在池边上点燃篝火等他父亲直到天亮。

天亮之后,穷人便从浴池里出来,向商人要钱。但商人却说:"我怎么能给你钱呢?你的儿子在池边上点起篝火,当然要把你的身体烤暖啰!"穷人争辩说:"篝火的热气完全达不到我身上来。因为我的儿子点火的地点离我很远,而我又泡在水中,怎么能够感到岸上的热气呢?这根本是不可能的事!"商人蛮不讲理地说:"我决不给你这笔钱。你要去报官告状,请便;你要打架,我可以奉陪。何去何从,由你选择!"

穷人十分懊丧。他心想:白白受了一夜的折磨,结果却是一无所得。他跑到法官那里告商人欺诈状。法官反而判商人胜诉。穷人不服,又找了许多大官告状,然而这些大官都偏袒商人。穷人又败诉了。

穷人心中难过得很:"现在我该到哪里去控诉呢?我的真主,你是最了解你的仆人的一切不幸的,但愿你能支持正义一方使它胜诉。"穷人忧心如焚地四处奔走。也许是出于天意,他终于遇上了阿布·纳瓦斯。阿布·纳瓦斯看到他非常伤心。便问道:"喂,真主的仆人,你干吗这样忧心忡忡的?"穷人说:"我的心的确太难受了……"于是他一五一十地向阿布·纳瓦斯诉说了自己的不幸。阿布·纳瓦斯说:"如果真主允许的话,你的案子很快就可以解决,你用不着那么难过!"穷人回答说:"看来,我只能拜托你来帮我向上面反映我的不幸了。"

阿布·纳瓦斯说:"明天你到我家来,看看我是怎么帮你办这件事的。我相信你必然会在真主的保护下打胜这场官司。"穷人说:"对于你的热忱相助。我表示最衷心的感谢。"说完,穷人便高高兴兴地回家去了。阿布·纳瓦斯则朝王宫走去。到了宫里他恭恭敬敬地向国王行礼。国王问他近来的情况可好?阿布·纳瓦斯回答说:"很好,谢谢陛下。我今天特意进宫来,想请陛下恕罪,如果陛下同意的话,请驾临寒舍,我想对神请个愿。"国王问:"那你准备在哪一天请我去?""明天,礼拜一,上午七点整,陛下!""好吧,我明天一定到你家去。"

阿布·纳瓦斯告辞出来,又转到那个有冷水浴池的商人家里,到伊斯兰教长老①及其他大官家里,邀请他们第二天到自己家里去。

第二天早上七点整,哈仑乌尔拉希德国王如约到了阿布·纳瓦斯家里。商人、伊斯兰教长老及大臣们看到国王去了,也都赶紧跟在国王的后头,来到阿布·纳瓦斯家里。这天一大早,阿布·纳瓦斯就在室内铺上地毯。他见到国王及大批随从人员光临,赶紧走上前迎接,并按照达官贵人的规矩,请客人按尊卑入座。把客人安顿好了之后,阿布·纳瓦斯便去准备饭菜。他把一口大锅高高地吊在大树上,而在树下生起一堆火。

国王在阿布·纳瓦斯家里坐了好久,还未见端出任何食物,便叫人把阿布·纳瓦斯找来问道:"喂,阿布·纳瓦斯!准备得怎么样了,饭菜做好了没有?"阿布·纳瓦斯恭敬地回答说:"请陛下耐心等一等!"国王没话好说,只得耐心地坐着等阿布·纳瓦斯把饭菜端来。但是,一直等到快响午了,连一道菜也没端出来。国王的肚子实在饿坏了,于是又把阿布·纳瓦斯叫来。

"喂,你的饭菜究竟搞得怎样了?我的肚子饿极了。"

"请再等一下,陛下!"

国王没奈何,只好又坐下来等。直等到下午两点,饭菜仍没有端出来。这回,国王实在熬不住了,站起来径往阿布·纳瓦斯屋后走去。其他客人也跟在国王后头,他们都想看个究竟,为什么饭菜迟迟煮不出来。只见阿布·纳瓦斯正蹲在大树底下扇火。"喂,阿布·纳瓦斯,你干吗要在大树底下生火呢?"国王迷惑不解地问道。阿布·纳瓦斯听到国王的说话声,回过头来

---

① 伊斯兰教长老,亦兼法官。

看了一眼便连忙站起来，拜倒在国王脚下，禀奏说："哎哟！我害陛下久等了，我正在煮饭呢；饭很快就会煮好。"

国王看到阿布·纳瓦斯只烧火，没有锅，就惊奇地问："你在煮饭？火上没有锅么！""有啊，陛下！""有？在哪里？"国王顺着阿布·纳瓦斯指的方向抬头一看，果然一口大锅高高地吊在树枝上。国王更是奇怪，又追问道："喂，阿布·纳瓦斯！你疯了吧，搞什么鬼名堂？有谁这样煮饭的！锅吊在树上，在底下生火，这样能把饭煮熟？你再煮十天，不仅锅里的水烧不热，连锅子也烧不烫！"

阿布·纳瓦斯恭敬地回答说："陛下，你看该怎么办？有个商人同一个穷人约定，他要穷人浸泡在冷水池里，他说：'谁能坚持泡一整夜，就赏他十元钱。'现在，穷人忍受了冰凉池水的折磨，在水中泡了整整一夜。当他泡到夜里两点钟时，他的儿子跑去看他，想知道他究竟冻死了还是活着……"于是阿布·纳瓦斯把事情的全过程详详细细地说了一遍。"这就是我今天做出这样荒诞不经的行为来的主要原因。"阿布·纳瓦斯接着说，"陛下，我是想借此来打个比方，因为这个穷人曾经把与商人的纠纷告到大官们及法官那里去了，但是他们不听穷人的申诉。陛下可以设想，像我这样在树底下烧火，怎么能烧熟吊在树上的锅里的饭？"

国王回答："那还用说，别说烧不熟，连锅里的水也热不了，因为锅离开火太远了！""穷人的情况也是如此：他浸泡在冷水池里，而他的儿子则在离池子稍远的地方烧火。商人却偏要说，穷人之所以经得起在冷水中泡一整夜，那是因为他的儿子在池边上生火把池水烧暖了的缘故。"商人听到阿布·纳瓦斯这么一说，脸孔刷地变得苍白起来，他无法反驳阿布·纳瓦斯的话。在场的其他大官们也是如此，因为阿布·纳瓦斯说的都是实际情况。

国王当场宣告："现在我根据法律条文宣判：商人必须付给穷人一百个金币的酬劳，同时，商人犯了欺压穷人的罪，必须坐牢一个月；法官和其他大官必须关禁闭四天，作为对他们审案不公正的处罚！"穷人当场从商人手中领到一百个金币。他跪倒在国王跟前谢恩并愉快地向阿布·纳瓦斯行礼致意，接着便告辞回家去了。

哈仑乌尔拉希德国王命令手下的大臣，把商人、法官及其他大官押进监狱。事情办完之后，国王拖着又饥又渴的身躯回到王宫里去了。

一只长了大胡子的老虎

哈仑乌尔拉希德国王对阿布·纳瓦斯的恶作剧，始终怀恨在心。他挖空心思，想找个借口把阿布·纳瓦斯置之死地而后快。

一天，阿布·纳瓦斯被召进王宫，国王对他说："喂，阿布·纳瓦斯，现在我请你给我找一只长了大胡子的老虎。你若抓不到，我就要把你处死。"阿布·纳瓦斯回答说："是的，陛下，你的旨意，我坚决照办就是了。但要求给我八天的宽限。"国王答应了他的要求。

于是，阿布·纳瓦斯便告辞回家。他想，这回王上真动肝火了，他千方百计要加害于我，以解心头之恨。阿布·纳瓦斯一到家便请了四个木匠师傅帮他造了一个老虎笼。三天以后，老虎笼就造好了。阿布·纳瓦斯走进室内找出一张做礼拜时用的席子，准备到清真寺去做礼拜。临走时，他对妻子说："亲爱的，我走后，如果碰上长胡子的客人来访，你就请他进屋坐，并且陪他闲聊。如果听到我的敲门声，你就叫他赶紧钻到这个笼子里躲起来！"阿布·纳瓦斯说完便到伊斯兰教长老所在的清真寺里去了。他向长老行讨礼，接着又做了礼拜，然后坐下来与长老攀谈。长老问阿布·纳瓦斯："喂，阿布·纳瓦斯，你还要到哪儿去？我这是第一次见到你到这儿来做礼拜！"

阿布·纳瓦斯满腹忧虑地断断续续回答："是啊，我真不好意思把我的真情向你吐露。但是，这件事不跟你说又能向谁倾诉呢？说实话，我刚刚和我的妻子打了一架，因此，我下决心不再回家了。"

长老心里暗想，我早就看上了阿布·纳瓦斯的妻子那位美妇人。现在我不如把阿布·纳瓦斯留在我这个清真寺里，而我则到他妻子那里去，这样我的宿愿就可以实现了……于是长老便对阿布·纳瓦斯说："喂，阿布·纳瓦斯，你愿意让我来出面调解你的家庭纠纷吗？你在这里等我，我到你家里去去就来！"阿布·纳瓦斯回答说："谢天谢地，我太感谢你老人家了，感谢你那圣洁无瑕的心。"

长老果然眉开眼笑地朝阿布·纳瓦斯家走去。到了那里他就挨着阿布·纳瓦斯的妻子坐下来，对她说："哎哟，亲爱的，你为什么要找那样一个坏透了的穷丈夫？再说，阿布·纳瓦斯又是个乱七八糟的家伙。你还是嫁给我好，不愁吃，不愁穿，可以舒舒服服地快活一辈子。"阿布·纳瓦斯的妻子回答说："好吧，长老先生，如果你能看上我这个低贱奴仆，我还能到哪里去挑比这更理想的人呢？"

在他们谈得正投机的时候，阿布·纳瓦斯突然在外头使劲地敲门。长老心里十分懊丧地说："亲爱的，我该往哪里躲呀？"阿布·纳瓦斯的妻子说："你最好就钻到那个笼子里藏起来吧。"

长老狗急跳墙，不假思索地就钻到笼子里去了。阿布·纳瓦斯的妻子等长老钻进笼子里之后才去开门。阿布·纳瓦斯一进屋就东张西望起来，接着问道："喂，亲爱的，笼子里装了什么东西呀？"妻子回答说："哟，我的亲哥，笼子里什么东西也没有！"阿布·纳瓦斯又问："笼子里发白的是什么东西？"他走上前去看，只见长老害怕得像筛糠似的直打哆嗦。阿布·纳瓦斯等到八天的期限满了，一大早就雇了八个挑夫把笼子抬到王宫里去，笼子四周还用薄薄的纱布围住。

这件事轰动了整个巴格达城，一下子就围拢了一大堆看热闹的人群，因为他们从来没听说过有长着大胡子的老虎。现在，阿布·纳瓦斯居然捉到了一只。阿布·纳瓦斯真了不起啊！但是，当他们看清了关在笼子里的不是老虎，而是长老的时候，一个个先是张口结舌，目瞪口呆，接着便争先恐后地紧随在笼子的后头。而关在笼子里的长老，看到那么多的人群，羞愧得无地自容，几乎连气都透不过来。

浩浩荡荡的游行队伍不久就抵达哈仑乌尔拉希德的王宫前面，国王见到就问："喂，阿布·纳瓦斯，有什么好消息吗？长着大胡子的老虎抓到了吗？"阿布·纳瓦斯命令挑夫把笼子抬到国王跟前。国王向笼子里张望时，长老怪难为情的。但是不管长老把头扭到哪里，国王还是追着去看。骤然间，国王似乎认出了关在笼子里的是长老。阿布·纳瓦斯便立即跑上前说：

"国王陛下,这就是长着大胡子的老虎。"

国王听阿布·纳瓦斯这么一说,先是愣了一阵儿:阿布·纳瓦斯为什么要把长老说成是长着大胡子的老虎?接着,国王又不停地摇晃着脑袋:"哼、哼,哦,长老!……"

阿布·纳瓦斯乘机跑上前启奏说:"陛下,万物之主!要不要让我说明一下为什么这只长着大胡子的老虎会钻到我家中的笼子里头呢?""哦,哦,好啊!"国王一边说,一边愤怒地向笼子扫了一眼。突然,国王若有所悟地说:"哦,哦——我明白了。"

国王怒火满腔,大发雷霆。因为伊斯兰教长老本身又兼司法官的职务,而法官知法犯法,胡作非为还了得!国王命令手下人把长老从笼子里揪出来,把他的头发剃成四方块,然后拉到市场上游街示众!这就是知法犯法者的可耻下场。

阿布·纳瓦斯抬清真寺

哈仑乌尔拉希德国王在接见群臣时说道:"喂,我的子民们!明天举行主麻拜[①]之后,不要马上离开清真寺,我还有话要跟你们说!"众人虽然齐声喊了遵命,但每个人还是满腹疑团,不知国王到时究竟会说什么话。巴格达城里的人整天整夜就议论着这件事,但没有一个人猜得透国王的真实意图,甚至连阿布·纳瓦斯这样的人。当人们向他提问时,他也答不上来,只能应付这句话:"我们等着瞧吧。"

主麻日这一天,到清真寺来做礼拜的人特别拥挤,大家都带着一颗好奇心想亲自来解开这个谜。礼拜刚一结束,国王就站起来说话了:"诸位!你们当中有谁能把这座清真寺抬起来?有能抬起者,我就赠给他一块属地并且封他为王。"全场鸦雀无声,无一人敢站出来答话,国王重复说了三遍,还是没有人吱声。

---

① 主麻拜:伊斯兰教定星期五为礼拜日,称主麻日,在这一天的午后举行集体礼拜,称主麻拜。

阿布·纳瓦斯经过一番思索之后便走到国王跟前说道:"国王陛下,我能够抬起这座清真寺,国王想让我抬到哪里都行,但希望能给我七天的期限来偿还过去许下的愿。还了愿之后,别说区区一座清真寺,即便高达天庭的建筑物,我也能靠还愿所得的神力把它抬起。此外,我还有一个请求,到时请陛下召集所有黎民百姓,杀牛宰羊请他们饱吃一顿,然后我才来执行陛下的命令。"国王说:"行,就这么办吧。"

主麻日到了,国王叫人杀牛宰羊,大摆宴席,请黎民百姓美美地吃了一顿。宴会结束之后,国王便对阿布·纳瓦斯说:"现在你可以开始执行我的命令了!"

"是的,陛下,我……"

"你还等什么呀?你肚子也填饱了,不是吗?"

众人听了国王的话,都在暗暗发笑,但又噤若寒蝉,谁都想知道阿布·纳瓦斯到底有没有那么大的力气。

这时,只见阿布·纳瓦斯煞有介事地做准备动作,衣袖子也卷得老高的。他走到清真寺前面对着众人大声说道:"诸位,请帮个忙,把这座清真寺抬到我的肩膀上来,我好按照国王的旨意放到要我放的地点去!"众人听了这话,惊讶万分,他们自言自语地说:"有谁能帮他把清真寺抬起来呢?""陛下,因为没人能帮忙,要是我没能把清真寺抬走,也就不能怪我了。"哈仑乌尔拉希德国王被弄得没话可说,就走进内宫去了。众人也各自散归。途中,他们仍不停地议论阿布·纳瓦斯的机智。

至于后来国王有没有如约割块属地给阿布·纳瓦斯,那就不得而知了。

阿布·纳瓦斯和法官

哈仑乌尔拉希德国王的王后,生下了个十分标致的男孩,国王打发人把查法尔请来,想问他该给孩子起个什么名字。查法尔起课占卜后禀奏说,王子最好取名玻阑①。

一天，国王为举行王子的命名仪式而在宫里大摆宴席，邀请文武大臣、达官显宦、商人和百姓等来赴宴，就是没有邀请阿布·纳瓦斯。

但是，当来宾们已依次入座，准备就餐之际，阿布·纳瓦斯突然光临，向国王行礼祝贺并向到场的来宾们致意。国王见了问道："喂，阿布·纳瓦斯，你干吗到这里来？我并没有邀请你呀！"阿布·纳瓦斯禀奏说："请陛下恕罪。我听说陛下添了王子，特地赶来向陛下祝贺！不知陛下给王子起了什么名字？""名叫玻阑。""天哪，一般被称作玻阑的人都是十分愚蠢的。这个名字不能更改吗？"国王朝查法尔看了一眼后，说："喂，阿布·纳瓦斯，要改名有何不可，但你得举出事实来证明，凡是叫玻阑的人都是傻子，否则，我就要把你处死。"

阿布·纳瓦斯说："首先，我完全可以证明。其次，请给我三十元钱和四天的期限。""此外，你是不是也想和我们一道进餐？"国王满脸堆笑地问，"你先吃点吧，吃了我才拿钱给你。"

第二天，天刚蒙蒙亮，阿布·纳瓦斯就带上十元钱朝法官家里走去。一进屋，他就看到法官全神贯注地坐在那里唱颂歌。阿布·纳瓦斯连忙走前一步，行了个礼，并挨着法官坐下。一看到法官闭上眼，阿布·纳瓦斯就赶紧把银圆塞到法官的席子底下。

法官唱完颂歌，问道："喂，阿布·纳瓦斯，你从哪儿来？到我这儿来有何贵干？"阿布·纳瓦斯回答说："我从家里来。因为久不见面了非常想念你，所以才到府上来拜访。"两人接着攀谈起来。在闲聊过程中，几只鸟儿飞来吱吱欢叫，阿布·纳瓦斯听了也跟着哈哈大笑起来。法官见了惊奇地问道："你笑什么？""哦，没什么，我只是听了鸟的话语才笑起来的。鸟儿告诉我，阁下捡到十元钱，藏在这张席子底下。"法官听了，急忙掀开席子寻找。果然，正如阿布·纳瓦斯说的那样，找到了十元钱。法官心里乐滋滋的。阿布·纳瓦斯坐了一会儿就告辞回家。法官说："喂，阿布·纳瓦斯，

---

① 玻阑：意为某人，犹如我国之泛指张三、李四之类。

你有空就经常到我这里来坐吧！""如果真主允许的话，而且又没有别的事情缠身，我一定来！"

第二天，阿布·纳瓦斯又到法官家里去了，他像昨天那样如法炮制一番。第三天也是如此，直到把国王给他的钱全部处理完为止。这么一来，法官把阿布·纳瓦斯的话，奉若神明，不敢有半点怀疑。

第四天，阿布·纳瓦斯照常到法官家里去了，他像往常那样挨着法官坐下来。不久又听到鸟儿在法官的屋脊上鸣叫。阿布·纳瓦斯听了突然抽抽搭搭地哭泣起来。法官看了大惊失色，急忙问道："喂，阿布·纳瓦斯，你哭什么呀？"阿布·纳瓦斯回答说："我听到鸟儿对我说，阁下快死了。"法官听了，吓得魂飞魄散，全身直打颤，脸色刷的一下变得死白。他结结巴巴地问道："阿布·纳瓦斯啊，你可要给我想个办法才行啊！"阿布·纳瓦斯说："为了避免发生那种可怕的事，如果你愿意听我的指导，我自然会给你想办法。"

法官急匆匆地说："那你赶快采取措施吧，阿布·纳瓦斯，你怎么吩咐我都会听从你的。"阿布·纳瓦斯说："好吧，现在就请阁下马上装死。"于是阿布·纳瓦斯立即对外宣布法官死了，法官生前友好闻讯都赶来吊丧，他们对法官的暴死感到震惊，但没有一个人知道他究竟患的什么病。法官的遗体由阿布·纳瓦斯亲自洗和包扎。这一切料理完毕之后，尸体就被移到担架上，为死者举行祭拜仪式。

后来，法官的尸体就被抬到坟场埋葬。送葬的人群沿途大声反复背诵祈祷文。当他们走过国王的凉台时，国王听到背诵祈祷文的声音，便朝下边看了一眼，并询问抬的是什么人的尸体。

阿布·纳瓦斯连忙上前恭恭敬敬地回答说："哦，陛下，这是玻阑法官的尸体。"

国王听了大吃一惊，说道："喂，阿布·纳瓦斯，你先把尸体抬到我这里来！天哪，我的老朋友，到底是什么病把你的生命夺走了？我一点都不知道呀。"众人把法官的尸体抬到国王跟前，国王揭开棺盖，发现法官难为情地眨巴着眼睛。国王立即问阿布·纳瓦斯说："喂，阿布·纳瓦斯，法官明明还活着你怎么说他死了呢?"阿布·纳瓦斯禀奏说:"陛下,这就是取名玻阑的人都是傻瓜的有力证据!"

国王对阿布·纳瓦斯的所作所为,感到惊讶万分,尤其是那些参加送葬的人,更是张口结舌,愕然莫解。有的人对阿布·纳瓦斯的手段如此高明赞不绝口,但也有的人把阿布·纳瓦斯骂得狗血淋头,认为这种玩笑已经开得过了头了。然而,国王经过长期的接触和观察,对阿布·纳瓦斯的聪明和机智越来越信服了,因而想重重地赏赐一番。国王对阿布·纳瓦斯的怨恨也已为关心和同情所替代。尽管如此,国王还是想再考验一次阿布·纳瓦斯。

以上十三则许友年译

贾的故事

（突尼斯）

突尼斯民间故事中的著名机智人物贾，一译作"萨拉"。相传他原是苏丹国王的滑稽侍从，年老后被赶出王宫，过着穷困潦倒的生活。他诙谐多智，常常跟各个阶层的人们开玩笑逗乐，并且喜欢捉弄国王和有钱人。其逸事、趣话在内容和艺术风格方面，与朱哈的故事、霍加·纳斯列丁的故事颇为近似，有的作品甚至是大体相同的。本书选录的作品译自《突尼斯故事》（突尼斯出版之家1971年出版）一书。

贾在西班牙

贾有一次到西班牙去了。他经常要去拜访哈里发国王。但每次走进王宫的时候，他从来不向国王鞠躬。

为了迫使贾低头，哈里发叫人在宫门一半高的地方钉上一根横木板。贾看到横木板，思索了一下就转过身去，低下头来，向后退着进了王宫。哈里发觉得这个人很有意思，就叫人把一件礼物送给了他。

丢失毛驴以后

贾有一头毛驴。有一天他把毛驴单独留在牧场上,后来这头毛驴被人偷走了。他找了好半天,毫无结果。于是他就一边在村子里到处跑,一边喊着说:"嘿!偷驴的人,快把毛驴还给我!要不我可就要像我父亲那样做了!"

偷驴的人一听害怕了,赶忙把驴还给了他。其中的一个人问贾:"到底你父亲是怎样做的?"贾回答说:"很简单,他又买了一头毛驴。"

劳动合同

一个阿拉伯农民有一个农庄,他需要雇一个工人。贾从农庄旁边经过,正好遇到了那个农民。

"哎!贾,你好,你愿意在我这儿干活吗?"

"愿意,你付给我多少钱呢?"

"我给你东西吃,给你衣服穿,还给你地方住。"

贾同意了。于是他们便订立了一个劳动合同。晚上,贾吃过了,喝过了,就去睡了。第二天,到十点钟的时候,贾还没有起来。农民很生气,跑去问他说:"喂,贾!你要一直睡到什么时候啊,你疯了吗?""我不知道我们两个谁疯了。我喝过了,吃过了,睡醒了,而现在正像合同里写的那样,我正等你给我衣服穿哪。"

贾与守夜人

有一天,一些人说:"今天晚上守夜的时候,我们和贾开个玩笑吧。"于是在守夜时,一个人便站起来说:"我生了一个蛋。"

他把蛋拿给人们看了。另一个守夜的人也同样做了,然后是第三个人……

这时，其中的一个人对贾说："你没有看到我们生的东西吗？如果你真像人们说的那样有本事，你就该像我们一样也生个蛋出来。"

贾思索了一会儿，就站了起来。他用手拍打着腿，连声叫道："喔喔喔，喔喔喔！"大伙儿问他："你怎么了，疯了吗？"贾回答说："你们连这个都不懂？下蛋的母鸡哪能离了公鸡呀？"

两只老鼠

很久以来，贾就一直在盘算着一个巧妙的计划。

有一天，他对妻子说："如果你能照我的话办，我一定给你买件漂亮的首饰。今天我要请四五个朋友到家里来吃午饭。你要准备一大盘美味的古斯古斯，还有鱼、鸡和一些水果。任何东西都不要吝啬。我想要每个人都吃得饱饱的，让他们吃完回去的时候，感到很满意。可是当着朋友们的面，我将问你：'是谁告诉你他们要来的？是谁给你送来这些食物的？'你要回答我说：'是小老鼠。'还有，你可别忘了把小老鼠拴在桌子腿上。"说着他便从刚刚在捕鼠器里捉到的两只老鼠中，取出一只来。这样嘱咐完了以后，贾拿起装着第二只老鼠的笼子就出门去了。

他走遍了整个市场，装作向老鼠问这问那亲密交谈的样子。当贾看到那些他所遇到的人，都表现出十分惊讶的神情时，就知道他的计划已经有了个好的开头了。于是他又在摩尔人的咖啡馆里坐了下来，在那里他能遇到的人更多了。他又做出和他的小动物在谈话的样子，好像还谈得挺起劲。好奇的观众越围越多，他也假装不知道。他的朋友们都吃惊得忍不住地喊了起来："你疯啦！愿真主宽恕我们的眼睛，你怎么和老鼠在讲话呀！"

贾假装生起气来，并高声喊叫着说明他的老鼠是难得的聪明，而且能够帮他完成任何一件最难做的事情。朋友们对他的话都显露出怀疑的神情，于是他就对朋友们说："瞧，为了向你们证实这件事，我请你们今天到我家去吃午饭。现在是十点钟，可是我保证你们能吃饱。"

接着他便当着四个客人的面对他的老鼠说："快到我妻子那里去，让她中午给我们做一顿美味的古斯古斯,还要有鱼有肉。你尽可能地帮助她,然后你把自己拴在桌子腿上。"嘱咐完了以后,他便放开了老鼠。老鼠很快地找了一个洞,就从那里消失了。

十二点钟的时候,贾和那些满腹狐疑的朋友们来到他家门前。当他们看到美丽的阿伊莎已经在那里等候并为他们打开大门的时候,无不感到非常惊奇。

"愿真主今天和我们在一起,欢迎你们到我家里来。午餐已经准备好了。老鼠来得晚了一些,可是感谢真主,它应该受到称赞,一切都按时准备好了。"

客人们全都惊呆了,都不住眼地望着那只拴在桌子腿上的老鼠。吃完午饭以后,所有的客人都想要买那只老鼠,贾却装出一副给多少钱也不想卖的样子。于是客人们都争着加起价来,一只老鼠的价钱,竟从一百个银币一直加到一万个银币的惊人数目。

"尽管我心里不愿意,我也不好再拒绝把小老鼠卖给你了。"

老鼠的新主人,想到很快就能使很多人大吃一惊,感到欣喜若狂。第二天,他就按照贾的那一套做法重复表演了一遍。他请了四个朋友,他当着朋友们的面对老鼠没完没了地说了半天,并且嘱咐老鼠要把自己拴在桌子腿上之后,就放开了老鼠。老鼠很快就去和它的伙伴重新会合去了。

十二点钟的时候,朋友们来到了他家里。大伙儿以为他家里一定已经做好了美餐。老鼠的新主人也很想亲自看到前一天的场面能够不折不扣地再次出现。可是,奇怪的是,他妻子却一点也不像在等他。他使劲敲打门环,发出"隆隆"的响声。当他可怜的妻子看见这么多的人跟在她丈夫身边的时候,她是多么惊奇呀!她猜想她丈夫准是在市场上突然发作了什么病,邻居们才把他送回来的。

"你别这么愣着,快把你做好的美餐给我们拿上来呀。"他看到妻子默不作声,对老鼠的事一无所知,便对妻子大发脾气,愤怒地喊叫起来。他气得用手指抓破了脸,呼天抢地地哭闹着。妻子以为丈夫疯了,邻居们也跑了过来,而他却仍然喊着:"我的老鼠,我可怜的老鼠呀!"邻居们决定把他送进疯人院。他挣扎着逃了出来,并跑去找贾。他指责贾欺骗了他,要贾把事情解释清楚,不然就把一万银币还给他。

"你欺骗了我,你的老鼠是这样的精明,以致把我吩咐的任何事情都不放在心上,它没把我的话告诉我的妻子就逃走了。"

贾回答说:"它怎么会没有告诉你妻子呢?噢,对了,你家住在什么地方,你事先告诉老鼠了吗?"

贾的朋友非常狼狈,不知道该怎样回答才好。这时候贾得意扬扬地说:"原因就在这里!我可怜的小老鼠一定是迷了路了。而在我们那里,我的家和去我家的路它都很熟悉。主啊,我可怜的小老鼠现在怎么样了啊?它现在在哪儿啊?真主保佑它吧!"贾一面说着,还一面假装为可怜的小老鼠的命运悲伤起来。

诓骗苏丹国王

苏丹国王的滑稽侍从贾因已年老,国王不再把他留在身边,因此使他变得穷困不堪。

有一天,他再也没钱买东西吃了,他难过地回到了家里。他老伴把一块破席子拉到他们家小房的门口,一面蹲在太阳底下拨弄着念珠,一面打着瞌睡。贾在她身边坐了下来,说:"老伴啊,我们穷到这般地步,眼看就要饿死了。我们得想点门道呀。"老太婆叹息起来,没有回答。老头儿盘算了好一阵子,说:"我们去试试和苏丹开个玩笑,兴许这件事会成功呢!"

"你打算干什么?"

"我准备让房门大开着,我们两个人全躺在席子上装死。大伙儿没钱给我们送葬,就会去通知苏丹国王说贾和他老伴刚刚去世了。"

果然,苏丹国王一听说他过去非常喜爱的滑稽侍从死了,立刻亲自赶到了现场。他看到贾和他妻子一动不动地并排躺在小房子里,沉思一会儿后,就对他的侍从们说:"我想要知道他们两个人哪一个先断气的。因为我要把这只装满金子的钱袋放在他脚边。"

一听到这话，贾就一跳站了起来，急忙对国王说："啊，国王！愿真主祝福你！是我先死的。"

苏丹发现了他老朋友的诡计，忍不住地笑了起来。于是便吩咐侍从们把贾和他的老伴一起带到王宫里去了。苏丹国王给他俩穿起很体面的衣服，还送给他俩一千个第纳尔[①]。

毛驴与棍子

有一天，一个名叫贾的老头儿病得很沉重，病痛一直在折磨着他。他很害怕会这样地病死，便许给村里的人们一笔报酬，只要他们答应为他向主祈祷使他病愈。

贾对大伙儿说："我将把毛驴卖掉，并把这笔钱当作报酬分给你们。"将会到手的这笔收入，大大吸引了这些不幸的村民们。他们纷纷为朋友的康复而祈祷，日以继夜地都能听到这些人连续不断的祈祷声。贾的病果然好了，虚弱的身体也已经康复如初。这时，他便想出了一个分文不花的办法，来履行他的诺言。

他把毛驴拉到市场上，吆喝起来："谁买我的毛驴？只要一个法郎！还有棍子要五百法郎！谁想买？"尽管他的要价很荒谬，一些贝都因人还是纷纷跑来要买毛驴，不买棍子。贾说："不行，我不能单独卖驴而不带棍子。"有个人最后终于按照贾定的价钱把驴和棍子一起买走了。贾很高兴地提着一满袋的钱回到了家里。

当贾回村以后，人们都跑来索取他许下的报酬。贾说："我可怜的朋友们，可惜我没有任何东西来分给你们了。""怎么？你不是答应把卖驴的钱给我们吗？"大伙儿急着问。当村民们已经怒容满面的时候，贾惊慌地说："哦，你们都在这里，请你们安静下来！你们应当知道驴只卖了一个法郎！我把卖驴的钱许给你们了，我忠实于我的诺言，这里是一个法郎。至于剩下

[①] 第纳尔：突尼斯货币名。

的钱，就不属于你们了，因为那是卖棍子的钱。"

人们说："你就把你卖驴的钱留起来吧，这俩小钱改变不了我们的处境，我们不稀罕它！"村民们回到家后，都感到受了骗，大伙儿气得没有不骂他的。

"我死了"

有一天，贾听到邻居家里有人哭叫，就问他母亲是怎么回事。母亲说："这是邻居萨拉赫死了。"贾问道："怎么知道他死了呢，亲爱的母亲？""当一个人死了的时候，他的鼻子和四肢就变凉和变得难看了。"

有一天，贾赶着驴到山里去烧木炭。天气很冷，在半路上，他被冻得浑身冰凉。他以为自己死了，便把驴拴到树旁，哭了一阵以后就躺下了。他自言自语地说："现在，我死了。"有几个贼看到一头驴独自拴在那里没人看管，就把驴偷走了。

贾看着他们偷驴，却一动不动地对他们说："唉，要是我还没有死，你们哪敢把我的牲口牵走哇！"

再也不走啦

有一次，贾骑着毛驴出门去旅行，在田野里遇到一座有钱牧民的帐篷，主人为他提供了食宿的方便。

按照习惯留宿三天的时间已经过去了，可是他却没有走的迹象。这怎么办呢？一个星期以后，族长只好语气忧伤地对他说："我可怜的贾，你母亲死了，你快回去安葬她吧！"

贾痛哭起来，而且哀叹不止。谁想等到他悲伤一场之后，竟宣称："我现在是个孤儿了，那就请你们把我收留下来吧。"于是，他整个一生都留在那里了。

以上九则韩宝光译